穷人

[俄罗斯] 陀思妥耶夫斯基 著

陈琳 译

江苏凤凰文艺出版社

新流出品

不幸是一种传染病。不幸的和贫穷的人应该彼此回避,免得继续传染。

我的爱！一想起您，就像喝了一剂医治心痛的特效药，虽然我为您在受苦，可是，为您受苦也是快乐的。

哦，这些鬼作家真把我作弄得够呛！他们不懂得应该写一些有益的、令人愉快的好作品，却把地里的秽物一股脑儿端出来了！……真该禁止他们创作！瞧，这像什么？你读着……情不自禁地问——于是各种邪念都钻进脑子里来；实在该禁止他们创作；着实该禁止他们创作。

——瓦·弗·奥古士丁

我的宝贝瓦尔瓦拉·阿列克塞耶芙娜：

　　昨天我很快活，非常快活，快活到极点！您这个任性的丫头，总算有一次听了我的话。晚上，八点钟时，我醒来（您知道，宝贝，工作之后我喜欢睡一会儿），点起蜡烛，准备好纸张，修好笔尖，忽然，无意中我抬起眼睛——真的，我的心跳得厉害极了！您总算明白我想要什么，我的心在渴望什么了！我看到，您的窗帘的一角卷起来，挂到凤仙花盆上，正像从前我暗示您的那样；猝然间我觉得，您的小脸蛋儿也在窗前闪了一下，我觉得，您也在从您的房子里望我，并且在想念我。但是很遗憾，我的爱，我不能看清楚您那美丽的小脸蛋儿！从前，我看东西也很清楚，宝贝。年老不是喜事,我的亲爱的!现在,不知怎的,眼睛总是发花;晚上稍稍加点班,写点东西,第二天早上眼睛就通红,流泪,甚至弄得你见不得人。然而,小天使,在我的想象中,您的笑容,您的天真诚挚的笑容,依然是那样清晰,而且我心里的感觉,也正像那时我吻您的时候一样。瓦莲卡——记得吧,小天使?知道吗,我的爱?我甚至觉得,您正在伸出指头吓唬我!对吗,淘气鬼?您一定要把这一切详细地写到您的信里。

喂,瓦莲卡,我的这个要您挂窗帘儿的主意不错吧?妙极了,对吗?不论是工作,是睡觉,还是醒来,我马上就会知道,您在想我,念我,而您自己却很健康和快乐。您放下帘子——就是说,再见啦,马卡尔·阿列克塞维奇,该睡觉了;您拉起帘子——就是说,早安,马卡尔·阿列克塞维奇,您睡得好吗?或者是说:您的身体健康吗,马卡尔·阿列克塞维奇?至于我自己,感谢上帝,我很健康而且平安无事!您看,我的心肝,这个主意有多妙；而且信也用不着写了！真滑稽，对吗？可是，要知道，这是我的发明！对于这类事我也不外行吧，瓦尔瓦拉·阿列克塞耶芙娜？

我要告诉您，我的宝贝，瓦尔瓦拉·阿列克塞耶芙娜，今天夜里我睡得出乎意料地香，因此我很满意；虽然，新搬了家，通常总是睡不好的；老觉得不是滋味！今天我起来简直像头雄鹰——神气而且快活！宝贝，今天早晨多么好啊，我把小窗户打开；太阳照进来，小鸟叽叽喳喳地叫着，空气里散发出春天的馨香，整个大自然都苏醒了——而且，其余的一切也都很协调；一切都井然有序，带着春天的气息。甚至今天，我的幻想也特别令人惬意，并且全是在想您，瓦莲卡。我把您比作那为了安慰人们、为了装饰大自然而生就的一只在天空飞翔的小鸟。于是我立刻想到，瓦莲卡，我们这些生活在忧愁和不安中的人，也应该羡慕鸟儿们的那种无忧无虑、天真烂漫的生活——真的，而且其余的一切想法也都与此相同；也就是说，我总是在做着这样一些渺茫的比较。我有一本书,瓦莲卡,里面也都是这样一些东西,写得特别详细。我之所以要写这些,是因为世界上存在着各种幻想,宝贝。瞧,现在是春天,所以一切想法都是十分惬意、十分俏皮、十分有趣的,而且幻想也都变得温柔了;都蒙上一层玫瑰色。我就是为此才写这一切的;不过,这一切我都是从书上抄来的。作家把这种愿望用诗表现出来,写道——为什么我不是鸟,不是猛禽!以及诸如此类的话。里面还有各种各样的思想,就不提了!对了,今天早上您上哪儿去了,瓦尔瓦拉·阿列克塞耶芙娜?我还没有去上班,可是您,恰似一只春天的小鸟一般,已经飞出房间,非常快乐地走过院子了。看到您我是多么快活啊!哦,瓦莲卡,瓦莲卡!您不要忧愁;眼泪是不能减轻您的痛苦的;这我知道。我的宝贝,我从经验中知道。现在您安静了,而且身体也恢复了一些。那么,您的菲朵拉好吗?哦,她真是一个好心肠的女人!瓦莲卡。您给我来信吧,告诉我您同她现在生活得怎样，一切都满意吗？菲朵拉有点爱唠叨；不过您不要放在心上，瓦莲卡。让她去唠叨吧！她的心是好的。

我已经给您描写过我们这儿的铁列莎了——也是一个心好忠厚的女人。本来我很担心我们的信，不知该怎样传递才好。恰好，上帝把铁列莎赐给我们了，真幸运。她是一个温柔、不大说话的好人。可是我们的女房东简直是一个泼妇。她把铁列莎当作一块破布一样地使唤。

瞧，我搬到一个什么样的贫民窟来了，瓦尔瓦拉·阿列克塞耶芙娜！嗨，这也算是房子！从前我像聋子似的生活着，您是知道的：静悄悄；有时，飞来一只苍蝇都能听到。可是这里，喧哗，叫喊，吵嚷！对了，您还不大知道这里的情况。您大致设想一下，长长的一条走廊，又暗又脏。走廊的右侧是一堵不透风的墙，左侧是一个挨一个的房间，一排地伸过去，好像旅馆的房间一样，人们就租这些房子来住，每一个房门里有一间房子；每一间房子住两个至三个人。别问有多乱了——简直是挪亚方舟！不过，看来，人还好，都是些受过教育的、有学问的人。还有一个小官（他在文化机关里供职），书读得多极了，他谈荷马、谈伯兰布，谈他们机关里的每一个作家，什么都能谈——真是一个聪明绝顶的人！这里还住着两个军官，整天赌牌。还住着一个海军准尉；英国教师。您别忙，我会使您开心的，宝贝；我将在下一封信里饶有风趣地描写他们，也就是说，他们究竟是些什么人物，详详细细地写给您。我们的女房东，是一个矮小而且肮脏的老太婆，整天趿拉双拖鞋，穿件睡衣走来走去，不停地申斥铁列莎。我住在厨房，或者更准确地说，应该是这样：挨着厨房有一间房子（应该向您指出，我们的厨房是干净、明亮、宽敞的），房间不大，挺小的半间屋……也就是说，或者更准确地说，厨房很大，有三个窗户，顺着我的房间的横壁，安了一副挡板。这样似乎就增加了一个房间，额外的房间；一切都方便而且自在，有窗户，而且一切——总而言之，一切都方便极了。这就是我的小屋的情况。不过，您可不要以为，宝贝，这里有什么不可告人的、别的意思；瞧，这样说，就是厨房了！也就是说，看来，我就住在挡板后边的这个房间里，但是这没有关系；我可以独自一个、安静地、悄悄地生活。我在自己房间里放了一张床，一张桌子，一个橱柜，两把椅子，还挂了一幅圣像。固然有比较好的房间，也许，要好得多的房间，但方便是主要的；我就是图个方便，您千万不要以为，这是有别的目的。对面就是您的窗户，中间是院子；而院子不宽，随时可以看见您——这对我，一个不幸的人，是造福，而且还便宜。我们这儿最差的房间，带伙食一共是三十五个纸卢布。付不起！可是我的房间只需付七个纸卢布，加上五个纸卢布的伙食：总共二十四个半纸卢布，而从前平均要付三十个纸卢布，因此就得从各方面来节省开支；不经常喝茶，而现在可以省出喝茶和吃糖的钱了。这，您知道，我的亲爱的，不喝茶总有点不好意思；这里的人总还算富裕的，所以真不好意思。为了别人而喝茶，瓦莲卡，为了装腔作势；我倒是不在乎，我不是一个爱挑剔的人。这样您想想，口袋里——多少总是需要一点的——比方靴子啊，衣服啊——还能剩下多少钱呢？这就是我的全部薪水。我倒并不抱怨，我很满足。这就够了。而且几年来都够了；除此之外，有时还有一些赏金。好啦，再见，我的小天使。我买了两盆凤仙花和一盆天竺葵，不贵。不过您也许喜欢木樨草吧？那里也有木樨草，您来信吧；您知道吗？一切要尽可能详细地写。不过，您不要胡思乱想，怎么我会租了这样一间房子的，宝贝。不，这是为了方便，方便引诱了我。要知道，宝贝，我正在积蓄钱存起来；我也有几个钱了。您不要把我当成这样一个不中用的人，似乎一只苍蝇也可以用翅膀打伤我。不，宝贝，为了自己，我是不会上当的，而且我的性格也同常人一样，是相当顽强，而且能随遇而安的。再见，我的小天使！我拉拉杂杂地给您写了几乎两张纸，我早该上班去了。吻您的指头，宝贝！

> 您的寒微的仆人，忠实的朋友
> 马卡尔·捷乌式金
> 4月8日

附：我只求您一件事：请尽可能详细地给我回信，我的小天使。随信送上糖一包，瓦莲卡；为了健康，把这些糖吃了吧，看上帝面上；不要为我担心，不要不高兴。好啦，不谈了，再见，宝贝。

马卡尔·阿列克塞维奇先生：

您知道吗，我真要跟您吵架了。我向您发誓，亲爱的马卡尔·阿列克塞维奇，接受您的礼物，甚至叫我难过。我知道，它们费了您多少钱，要您在本来就刻苦的生活中再做出多大的牺牲。我对您说过好多次，我什么东西也不缺，一点也不缺；对于您从前给我的好处，我已经无法报答了。干吗又送这几盆花呢？比方，凤仙花倒无所谓，干吗要买天竺葵呢？只要些微不留意，说到什么东西，例如，天竺葵吧，您马上就去买；很贵，是吗？天竺葵的花真美呀！殷红的十字形花瓣。您在哪里搞到这样漂亮的天竺葵的？我把它摆在窗台中间，最显眼的地方；在地板上我放了一条凳子，凳子上还有几盆花，瞧，现在我就等发财了！菲朵拉高兴极了；此刻我们的房子简直成了天堂——清洁，明亮！可是，干吗要买糖呢？真的，一看信，我就猜到，您的情绪有点变化——什么天堂啊，什么春天啊，什么飘散着的香气啊，什么叽叽喳喳叫唤的小鸟啊。这是什么，难道能说这里没有诗？真的，在您的信里就缺少一点诗的格式，马卡尔·阿列克塞维奇！至于那些温柔的感情，玫瑰色的幻想——这里都有！关于窗帘的事，连我自己都没有想到；它大概是在我放花盆的时候，无意中挂到窗子上的；可您就想了那么多！

　　哦，马卡尔·阿列克塞维奇！无论您怎么说，怎么计算自己的收入来骗我，来证实钱都是为您一个人用了，但您是瞒不过我的，一点也瞒不过。显然，您为了我，节省了必要的开销。比方，您怎么想起去租这样一间房子呢？要知道您是不会得到安静的；房子小而且不方便。您喜欢孤独，可是那里，在您的周围什么都没有！从您的薪水来看，您本来可以生活得相当好。菲朵拉说，您从前生活得比现在好得多。当真您就这样度过自己的一生：孤独，穷困，忧愁，听不到一句友好关切的话，租着别人的半间房？哦，亲爱的朋友，我多么可怜您！至少也该爱惜自己的身体，马卡尔·阿列克塞维奇！您说，您的眼睛坏了，那就别在灯光下写东西了；干吗还要写呢？不这样，大概您的上司也会知道您对工作是勤奋的。

我再一次恳求您，别在我身上花那么多钱。我知道，您爱我，可是您也并不宽裕……今天我也愉快地起了床。心里非常高兴；菲朵拉老早就已经干开活儿了，而且还给我找了些活儿做。我快活极了；只等买到丝线，就开始做。整个早晨，我的心都轻松极了，我太快乐了！可是，现在又都是些沉重的念头，整个的心苦闷透顶。

哦，我会变成什么样呢？我的命运将是怎样的呢？我痛苦——自己一无所知，我痛苦——自己没有前途，甚至不能预测自己会发生什么事。回顾过去，也很害怕。过去充满了忧伤，想到过去心都会裂开。我至死都要诅咒那些侮辱我的恶棍！

天黑了。该做活儿啦。我想给您写许多，可是没有时间了，活儿很急。需要赶紧做。当然，写信是件好事，总不会那么枯燥。可是，为什么您老是不到我们这里来呢？为什么，马卡尔·阿列克塞维奇？要知道现在您离我们很近，而且有时您是可以抽出空闲时间的。请到我们这儿来吧！我见到您的铁列莎了。她好像病得很重；我很可怜她；我给了她二十个戈比。对了，差点忘记了：下次来信一定要尽可能详细地谈谈您的生活。您周围都是些什么人?您同他们处得好吗?我非常想知道这一切。注意,一定详细写!今天我要有意挂起窗帘的角儿。您早点睡觉;昨天半夜,我还看到您房间里有灯光。好啦,再见。今天是苦恼、寂寞而且痛苦的!也许日子就是这样!再见。

您的瓦尔瓦拉·朵布罗塞洛娃
4月8日

瓦尔瓦拉·阿列克塞耶芙娜女士:

是的,宝贝,是的,我的亲爱的,也许这样一天真叫我这个不幸的人遇上了!是的;您对我这个老头子开玩笑了,瓦尔瓦拉·阿列克塞耶芙娜!不过,是我错了,完完全全地错了!一个上了岁数头发只剩下一小撮的人,本来不该干出这种暧昧和风流的事……而且还要告诉您,宝贝:有时人是奇怪的,非常之奇怪。哦,我的主啊!只要说点什么,马上就扯远了!结果怎样呢,有什么意思呢?什么意思也没有,而只是些废话,愿上帝保佑我!

哦，宝贝，我不生气，只是在回想起这一切时，我很难过，我懊悔不该给您写那样愚蠢、那样做作的信。今天我上班去的时候，不知道为什么心里特别高兴，兴致勃勃的！我兴奋地拿起纸，可是后来怎样呢？后来一打量四周，一切依然如故——灰溜溜的，暗淡无光。墨迹依然是墨迹，桌子、纸张依然是桌子、纸张，而且我也是老样子，从前是什么样，现在依然是那样——既然如此，干吗原先要乘飞马[1]奔驰呢？这一切是怎样发生的？是因为太阳一度出现，天空变成玫瑰色吗？是这样吗？而且还谈到什么馨香！然而就在我们院子里，窗户下面，什么脏东西没有啊！不用说，这一切只是我一时的错觉。要知道，有时一个人简直会被自己的情感迷惑而胡说八道。这无非是由于过分的痴心妄想所致。回家的时候，我不是在走路，而是一步一步地拖回来的；不知道是什么原因，我头痛极了；真

1　飞马：希腊神话中能激起诗人灵感的飞马。

是，一病未好，又添一病（大概我的脊背着凉了）。我像傻瓜似的喜欢春天，所以穿了一件夹大衣就上街了。您误解了我的感情，我的亲爱的！您把这种感情的流露完全理解到另一方面去了。父爱，真正的纯洁的父爱，鼓舞着我，瓦尔瓦拉·阿列克塞耶芙娜；因为在您的悲痛的孤儿生活中，我代替了您生身的父亲；我说这些话是出自内心，是以一个亲属的身份来说的。所以不管怎样，即使我是您的远亲，即使，用俗话说，是八竿子打不着的亲戚，但总是亲戚，而且现在还是您最亲近的亲戚和保护人了；因为在那里，在您最有权利找到庇护的地方，却蒙受了侮辱和欺骗。说到作诗，我要告诉您，宝贝，像我这样上了年岁的人，是不适合学作诗的。诗是无稽之谈！现在就连学校念书的孩子，为作诗还要挨打呢……瞧，就是这样，我的亲爱的。

您给我写了些什么呀，瓦尔瓦拉·阿列克塞耶芙娜：什么舒适啊，什么安静啊，什么这个那个的？我的宝贝，我不是一个爱挑剔、好讲究的人，我从来没有比现在生活得好，那么干吗要在老年的时候吹毛求疵呢？我吃得饱，穿得暖，有靴子穿；还要胡思乱想什么呢！我不是贵族！我的父亲也不是出自贵族门第，而且按其收入来说，他比我还少，此外他还得养家糊口。我不是娇生惯养的人！不过，说老实话，我原先住的房子要比这里好得多，比较宽敞，宝贝。当然，现在我的房子也不坏，甚至从某一方面来说，更有生气些，如果您愿意的话，还可以说更多样化一些；对于这儿，我是不能有所指责的，但总舍不得老房子。我们这些老年人，也就是说上了年纪的人，总是看老东西亲。您知道，我原先住的房子很小；有墙壁……是的，这有什么可说的！墙壁就是墙壁，问题不在墙壁上，而是每当回忆起我以往的一切，心里就有无限的忧伤……但是说也很怪，虽然忧伤，可是那些回忆却仿佛都是令人愉快的。甚至那些曾经使人头晕，有时为之烦恼的东西，不知怎的，在回忆中也变得纯洁起来，并且在我的想象中涂上了一层诱人的色彩。我们过去生活得很安静，瓦莲卡；就是我和我的房东，一个老太婆，现在已经去世了。现在想起这个老太婆我还难过！她是一个好人，房租要的不多。她经常用一俄尺长的毛线针把一些布头织成毯子；她只干这一样活儿。我和她共用一盏灯，所以在一张桌子上做事。她有一个孙女，叫玛莎，我还记得她小时候的样子，现在大概是十三岁的姑娘了。调皮捣蛋，快活得要命，老是惹我们笑；我们三个人就这样生活。有时，在漫长的冬季黄昏，我们围着圆桌坐着，喝茶，然后开始工作。老太婆怕玛莎闲着调皮，有时就讲起故事来。多么有趣的故事啊！不光小孩，就是有见识的聪明人也会听得入迷。真的！有时，我抽着烟斗，入神地听着，竟连工作都忘记做了。而孩子，我们的捣蛋鬼，却陷入深思中；她用小手托住玫瑰色的脸蛋儿，微微张开小嘴，故事讲得稍稍有点可怕时，她就往老太婆身边挤。我们愉快地望着她；竟没有察觉蜡烛快燃完了，也没有听到有时暴风雪在院子里飞扬呼号。

我们生活得很好，瓦莲卡；我们几乎就这样共同生活了二十年。瞧，我在这里唠叨些什么呀！也许，您不喜欢这种东西，而且回忆起这些来，我也并不轻松，特别是现在：黄昏的时候。铁列莎，正在做什么事，我的头很疼。是的，脊背也有些疼，况且又是这样离奇的念头，仿佛这些念头也在害病；今天我很难过，瓦莲卡！您信里写些什么呀，我的亲爱的？我怎么能去您那里？我的爱，人们会说什么呢？而且要穿过院子，我的邻居会发现的，然后就会打听，闲言碎语立刻传播开来，事情就会被曲解。不，我的小天使，顶好让我在明天晚祷时见您吧；这样比较好，而且对我们俩都无妨害。请不要责备我，宝贝，因为我给您写了这样一封信；我自己读了一遍，也看出来这封信很不通顺。瓦莲卡，我是个没有学问的老头子；年轻的时候没有学好，现在更是什么东西也学不进去了，如果重新开始学的话。我知道，宝贝，我不善于描写，而且不用别人暗示和嘲笑我也知道，如果我想写点出奇的东西，就一定会写出一大堆废话。今天我看到您站在窗口放帘子。再见，再见，上帝保佑您！再见，瓦尔瓦拉·阿列克塞耶芙娜。

> 您的忠实的朋友
> 马卡尔·捷乌式金
> 4月8日

附：我的亲爱的，现在我不想说任何人的俏皮话了，我的妈呀，叫我平白无故地去嘲笑别人，瓦尔瓦拉·阿列克塞耶芙娜，已经不是时候了！而且人们会引用俄国的谚语来嘲笑我：给别人掘坑的人，自己一定会掉到坑里。

马卡尔·阿列克塞维奇先生：

真的，我的朋友和恩人，马卡尔·阿列克塞维奇，您这么忧愁，这么任性，难道不觉得可耻吗？您真的生气了！哦，我常常粗心，可是没有想到，您竟会把我的话当成讽刺和挖苦。请放心，我是绝不敢嘲笑您的年龄和您的性格的。这一切都是因为我的轻浮，特别是因为可怕的寂寞才产生的，而寂寞会使您什么事情干不出来呢？我本来以为，您想用自己的信开开玩笑。我痛苦极了，当我看出，您生了我的气的时候。不，我的亲爱的朋友和恩人，如果您以为我是一个没有同情心的、忘恩负义的人，那您就错了。我的心会明白您为我做的一切，您从坏人手中，从他们的迫害和仇恨中，营救了我。我要永远为您向上帝祈祷，如果我的祷告能上达天庭，上帝能接受它，那您一定会幸福的。

今天我觉得很不舒服。一会儿发烧，一会儿发冷。菲朵拉非常为我担心。您用不着不好意思到我这里来，马卡尔·阿列克塞维奇。这与旁人有什么相干！您同我相识，就是这样！……再见，马卡尔·阿列克塞维奇。现在不再写了，而且也不能写了；身上非常难受。再一次请求您别生我的气，请相信我是永远尊敬您并且爱您的。

　　因此而能荣幸作为您的最忠顺的奴仆的

　　瓦尔瓦拉·朵布罗塞洛娃

　　4月9日

瓦尔瓦拉·阿列克塞耶芙娜：

　　哦，我的宝贝，您害了什么病！您每一次来信都吓坏了我。每次给您写信，都要您保重身体，衣服穿暖和一点，天气不好不要出门，处处小心，可是您，我的小天使，总不听话。哦，我的爱，您简直像个小孩子！要知道，您虚弱得像根不结实的稻草，这我知道。稍微有点风，您就会害病。所以您务必当心，爱惜自己，这样既可避免害病，也不至于使您的朋友痛苦和忧伤。

　　宝贝，您说您想详细地了解我的生活和我周围的一切。我很高兴马上来满足您的愿望，我的亲爱的。我从头说起，宝贝：这样比较更有条理。首先，在我们大楼里，在前面主要入口处，楼梯还说得过去；尤其是正门楼梯——干净，明亮，宽敞，全是用铸铁和红木制成的。可是后门楼梯就提不得了；潮湿，肮脏，螺旋式的梯蹬已经腐烂，墙壁油腻极了，碰一下都粘手。楼梯每个拐弯地方，都堆着箱子、椅子和破橱柜，破布烂东西挂得到处都是，窗户掉下来；木盆里盛满脏东西：垃圾，蛋壳，鱼鳔；气味难闻极了……总而言之，糟透了。

我已经给您写过房子的布局；这没有什么可说的了，说老实话，倒还方便。不过不知怎的，里面很闷人，这并不是说里面有难闻的味儿，而是，倘若可以这样说的话，有点儿发霉，有点甜辣辣的味儿。最初印象不佳，可是这没有关系；只要在我们这里待上两分钟，这种印象就消失了，而且您都不会觉察到它是怎样消失的，因为仿佛您自己也发出一种难闻的气味，衣服也发出一种难闻的气味，手也发出一种难闻的气味，一切都发出一种难闻的气味。于是，您自己也就习惯了。我们这儿有几只黄雀就是这样死的。海军准尉已经买第五只啦，它们干脆就不能在我们这种空气里生活。我们的厨房宽大而且明亮。说实在话，每天早上，在烧鱼或烧牛肉的时候，有点烟熏火燎味儿，况且还泼得到处是水。可是晚上就成天堂了。我们厨房里的绳子上，总是挂着旧衣裳；而且因为我的房间离厨房不远，也就是说几乎和厨房连接在一起，所以那些衣裳的味道，使我很不舒服；但这没有关系：住一住，就会习惯了。

一大早，瓦莲卡，我们这儿就闹开了，有的起床，有的走路，有的敲打，这就是说，该上班或是忙别的事的人，这时都起来了；大家开始喝茶。我们这里的茶炊，大多数是房东的，而且常常不够用，所以我们都得按次序来；如果有人不按次序倒茶，那他马上就会遭到痛骂。刚来的时候，我就碰到过这么一次，是的……可是，写这些干什么呢？不过，就在这一次，我认识了所有的人。我最先认识海军准尉；这是一个直爽的人，同我什么都扯：扯他的父亲，扯他的母亲，扯嫁给土拉陪审员的姐姐，扯喀琅施塔得城。他答应在各方面照应我，并且还立刻请我到他房里喝茶。我在我们楼里经常赌牌的那间房里找到他。他们请我喝茶，并且拼命拉我跟他们一起赌钱，我不知道他们笑我了没有；不过他们通宵都在赌钱，而且当我进去时，他们还在打牌。粉笔，纸牌，满屋子的烟，简直刺得人眼痛。我没有参加打牌，他们马上就指责我，说我尽讲脱离现实的空话。之后，在整个时间，没有一个人再同我说话了；说老实话，这倒叫我高兴。现在我不到他们那里去了；他们就是赌钱，只知道赌钱！还有一位在文化机关供职的官员，他家里晚上也举行一些聚会。不过，在他那里很好，谦虚，客气，雅致；一切都挺讲究。

　　是的，瓦莲卡，我还要顺便告诉您，我们的女房东是个非常丑陋的女人，而且还是个泼妇。您见过铁列莎。您看她像个什么样子？瘦得像只拔了毛的、有病的小鸡。在这栋楼里总共只有两个用人：铁列莎和法尔东尼，法尔东尼是房东的用人。我不知道,也许他还有旁的名字,不过大家都这么叫他;他也答应。他是个红头发、独眼睛、翘鼻子的芬兰人,野蛮得要命:总和铁列莎吵嘴,几乎要打起来。一般说,住在这里并不叫我十分满意,……而且夜间要大家都睡觉,不吵闹,永远办不到。因为总有些人在打牌,而且有时还有这样的事,叫人说不出口。现在我总算习惯了,不过我真不明白,那些带家眷的人怎么能够在这个大世界里住下来。有一家穷人租了我们房东一间房子,不过不和其他房间并排,而是单独在对面一个拐角地方。他们温顺极了!从来没有人说他们怪话。他们都住在一个房间里,里面用挡板隔开。他是一个丢了职位的官员,七年前不知为什么事被开革了。他姓高尔斯科夫;头发斑白,个子矮小,穿着一件又脏又破的衣服,比我的坏多了!看到都叫人难过。他瘦弱而且可怜(有时我在走廊上碰到他);天知道是因为病还是别的,他的膝盖哆嗦,手发抖,头发颤;他胆小怕事,总是躲着人走路;真的,有时我也害臊，可他比我还要厉害。他的家庭——一个妻子，三个孩子。最大的男孩子很像父亲，也是一个病鬼。妻子从前很好看，就是现在还看得出来；可怜的女人衣服简直破得不成样子了。我听说，他们欠女房东的钱；女房东对他们不大好。我还听说，高尔斯科夫有些伤脑筋的事，因为这些事他丢了位子……是不是吃了官司，受过审没有，受过通缉没有——我不能确切地告诉您。不过他们穷是真的——哦，我的天啊！他们的房子里总是十分安静，仿佛里面没有人住似的。甚至连小孩的声音也听不到。可是有时没有孩子淘气吵闹的声音，却正是一个不好的预兆。有一天黄昏，我碰巧路过他们的房门，这时房子里异常安静；我听到呜咽声，之后是耳语声，之后又是呜咽声，好像有人在哭，但是声音是那样低沉，那样可怜。我的心都碎了，之后，一夜我都在想着这些可怜人，觉都没有睡好。

　　好啦，再见，我的珍贵的朋友，瓦莲卡！我

尽我的能力给您描写了一切。今天整天我都在想念您。为您,我的亲爱的,我的整个心在疼痛——要知道,我的心肝,我是知道您没有厚大衣的。讨厌的彼得堡春天,雨雪交加——真要我的命,瓦莲卡!这也是明媚的春光!上帝保佑我!不要责备我写的东西吧,心肝;没有章法,瓦莲卡,没有一点章法。我多么想写得好一点啊!现在我想到哪儿就写到哪儿,其目的就是叫您高兴。自然,如果我多少学过一点,那就是另外一回事了;不过,我怎么能上得起学呢?就是用不着好多钱也拿不出来呀。

您的永久的、忠实的朋友

马卡尔·捷乌式金

4月12日

马卡尔·阿列克塞维奇先生:

今天碰到了我的莎霞表妹!太可怕了!她也要毁了,可怜的姑娘!我还听人说,安娜·菲朵萝芙娜老在打听我。她似乎从来就不曾停止对我的迫害。她说,她愿意饶恕我,忘记过去的一切,而且,她自己还要来看我。她说,您根本不是我的亲戚,她才是我的近亲,她说,您根本就没有资格跟我们攀亲;说我靠您的施舍、您的薪水过活,是可耻而且不应该的……她说,我忘记了她的恩惠,说似乎是她把我和母亲从饥饿的威胁中拯救出来的,是她养活了我们,并且在两年半的时间内,为我们花了不少钱;说除此之外,她还免除了我们一笔欠债。就连妈妈她也不放过!但愿可怜的母亲能够知道他们怎样对待我!上帝有眼……安娜·菲朵萝芙娜说,由于我的愚蠢,我失掉了自己的幸福,而她是把我引上了幸福的道路的,此外她概不负责,她说我不会,或许是不愿意维护自己的荣誉。那么这究竟是谁错了呢,神圣的主啊!她说,贝珂夫先生是对的,总不能见女人就娶……唉,有什么可写的!听到这种瞎话,真叫人伤心,马卡尔·阿列克塞维奇!我不知道现在我怎么啦。我发抖,又哭,又抽泣;这封信我写了两个多小时。我以为，她总该明白，她对我是有罪过的；可是您瞧她现在！看上帝面上，您不要为我担心，我的朋友，我的唯一的同情者！菲朵拉总爱大惊小怪：我没有病。只是昨天到沃尔柯夫去为母亲超度亡灵时，着了一点凉。为什么您不和我一起去呢？我是那样恳求您。哦，我的可怜的，可怜的妈妈，但愿你能从坟墓里站起来，能够知道，能够看见，他们是怎样对待我！……

       瓦尔瓦拉·阿列克塞洛娃

       4月25日

我的爱，瓦莲卡：

  给您捎去一点葡萄，心肝；据说，这对初愈的病人很好，而且医生还说，吃了可以解渴，那就为解渴吃吧。前两天您想要点玫瑰，宝贝；现在给您捎上几朵。您的食欲好吗，心肝？这是最重要的。不过，幸而，一切都过去了，都结束了，我们的不幸也结束了。感谢上帝！至于书的事，暂时我还弄不到。据说,这里有一本好书,文笔精湛;据说,很好。我自己没有读过,可这里的人都很称赞。我已经为自己借过;他们答应了。不过您要不要看呢?您在这方面太爱挑剔;很难适合您的口味,我了解您,我的爱;您大概需要抒情诗,爱情诗——好吧,我想法弄诗来,一切都会弄到手的;我们这里有一本手抄小册子。

我生活得很好。宝贝,请您不要为我操心。至于菲朵拉对您说的我的那些事,全是胡扯,您告诉她,她撒谎,一定要告诉她,这个饶舌妇!……我根本没有卖新制服。而且,您想想看,为什么要卖衣服呢?据说,我要领到四十个银卢布的赏金,干吗还要卖衣服呢?宝贝,您不要担心!菲朵拉是个神经质的人,太神经质了。我会挣钱的,我的爱!只是,小天使,为了上帝,您得健康起来,您得复原起来,别叫老头子伤心。谁对您说我瘦了?造谣,又是造谣!我很健康,而且胖得都不好意思了,我吃得饱,万事如意;只希望您能恢复健康!

好吧，再见，我的小天使，吻您的每根指头！

　　　　　您的永不变心的朋友

　　　　　马卡尔·捷乌式金

　　　　　5月20日

　　附：哦，我的心肝，您怎么又写这些东西啦？……您胡闹什么！我怎么好经常到您那里去，宝贝？我问您。要知道，只有利用黑夜；可是现在几乎不存在夜；是这样的季节呀。而且，我的宝贝，小天使，在您害病的全部时间，在您昏迷的时间，我几乎没有离开过您；而且就在现在，我还不知道我是怎样巧妙地弄好这一切的；可是后来我不上您那儿去了，因为有人开始好奇，开始询问了。这里无事也能生非。我相信铁列莎；她不说闲话；可是，毕竟，您自己想想，宝贝，他们一旦知道了我们的关系，结果会怎样呢？那时他们会怎样想，会怎样说呢？所以您得忍耐点，宝贝，等健康恢复后，然后我们再设法到外面会面。

亲爱的马卡尔·阿列克塞维奇：

　　我非常想做一件使您心满意足的事，来报答您为我的操劳和对我的全部爱，于是最后，我决定在空闲时翻寻我的柜子，找出这个此刻准备寄给您的笔记本。这是在我生活中最幸福的时刻开始写的。您常常好奇地寻问我过去的生活，问我的母亲，问波克洛夫斯基，问我在安娜·菲朵洛芙娜家的情况，问不久前我的不幸遭遇。因此，您一定迫不及待地希望读到这本笔记。天晓得为什么，我会突然想起在这个本子上记下我的生活片段，我相信，我的这个礼品会给您带来莫大的快乐。不过重新读它，我感到难过。我觉得，我已经比写这本札记最后一行时老得多了。这些都是在不同时期写下的。再见，马卡尔·阿列克塞维奇！我现在苦闷极了，而且常常失眠。恢复期是多么无聊啊！

　　　　　　　　　　　　　　　　　瓦·朵

　　　　　　　　　　　　　　　　　6月1日

一

我刚十四岁,爸爸就去世了。我的童年是我一生中最幸福的时期。它不是在这里开始的,而是在远离这儿的一个偏僻地方。爸爸是Π公爵在T省的大庄园管事。我们住在公爵的一个村子里,生活宁静而且幸福……那时我是一个非常顽皮的姑娘;有时整天在田野里、树丛中、花园里跑,没有人管我。爸爸总是忙事务,妈妈料理家务;什么东西也不教我,我倒很是开心。有时,一清早我就跑到池塘边、树丛中、刈草场上,或是割麦人那儿——而且无须太阳晒,无须跑得离村庄很远,树枝就会刮破身子撕破自己的衣裳,之后家里人骂我,可我满不在乎。

我觉得,如果我能一辈子不离开乡村,老住在那儿,我会非常幸福的。可是还在小孩子时,我就不得不离开故乡了。在我刚满十二岁那年,我们搬到了彼得堡。哦,回想起临行前的悲惨情景,我真难过！当我向一切曾经对我十分亲切的东西告别时，我痛哭起来。我记得，我跑过去搂住爸爸的颈子，满含泪水地恳求他在村里多待一些时间。爸爸对我嚷起来，妈妈哭了，说：需要，这是需要。老公爵 П 去世了，他的继承人辞退了爸爸。爸爸原来有点钱，存在彼得堡私商手里。为了改变自己的处境，他认为必须亲自到彼得堡来。这一切都是后来妈妈告诉我的。于是我们迁到彼得堡城区来住，而且直到爸爸死都住在这儿。

我对新的生活很不习惯！我们是秋末到彼得堡的。在我们离开乡村的时候，天气是那样晴朗温暖；田里的活儿干完了；打谷场上堆着一个个高高的草垛子，成群的鸟儿叽叽喳喳叫着：一切是那样舒坦、快活。可是这儿，在我们进城后，却是连绵不断的阴雨，秋天的雾凇，恶劣的天气，泥泞的街道，一群群冷淡、愤怒的陌生人面孔！我们好歹算安顿下来了。记得，家里人都很忙，跑来跑去的，购买新家具。爸爸总是不在家，妈妈没有一分钟的空闲——我被完全遗忘了。在我们的新居的第一夜之后，一清早起来，我难过极了。我们的窗户对面，是一堵黄色的板墙。街上脏极了，行人很少，而且他们都裹得紧紧的，非常怕冷。

可是在我们家里，整天却是可怕的沉闷和无聊。我们几乎没有一个亲近的人。爸爸同安娜·菲朵萝芙娜吵翻了（他好像欠她的债）。到我们家里来的常常是一些有事务联系的人。通常他们总是争吵，叫骂。每一次来人之后，爸爸都非常不高兴：有时，他整小时地在屋里走来走去，皱起眉头，同谁都不说话。这时妈妈也不敢同他说话，静悄悄的。我坐在一个角落里看书——安静而且驯顺，有时连动都不敢动一下。

我们到彼得堡后三个月，我就被送到寄宿中学读书。起初生活在陌生人中间，很难过。一切都是那样枯燥乏味，老师们训人，姑娘们骂人，而我又是一个没有见过世面的。严格，苛刻，样样事情都规定时间，吃饭是集体包伙，加上令人讨厌的老师——所有这一切，起初使我痛苦万分。我甚至在那里睡不着觉。有时，我通宵达旦地在漫长、寂寞和寒冷的夜里暗泣着。有时，黄昏，大家都去复习和背诵功课了；我却抱着一本会话书或是一本词汇学坐着，动也不敢动，然而心里却在想家，想爸爸，想妈妈，想我那年老的乳娘，想乳娘讲的故事……哦，真愁人！想着家里每件最小的事，而且想到它，心里就高兴。我想着想：如果此刻能在家里，该有多好啊！如果能坐在我们的小房子里，坐在茶炊旁边，同家里人一起，该有多好，多温暖，多热闹！我想着，要是此刻能紧紧紧紧地抱住妈妈，那就好了！我想着想着，难过地抽泣起来，胸部发闷了，生词也记不住了。而且直到第二天，我还背不下书来。通宵都在梦着老师、阿姨和同学们；通宵都在梦中复习着功课，可是第二天我什么也不知道。老师罚跪，只给一个菜吃。我是一个郁郁寡欢、不讨人喜欢的姑娘。起初，在我念书的时候，姑娘们嘲笑我，戏弄我，搅乱我，而且有时，在我们排队去吃饭或是喝茶时，他们还拧我，毫无原因地向老师告我的状。因此，每当礼拜六晚上，乳娘来接我的时候，真像上了天堂。我高兴得发狂似的抱住她。她给我穿好衣服，围裹好。一路上她总是落在我的身后，而我对她却总是说这说那，说个没完。我高高兴兴地回到家里，紧紧地拥抱家里每一个人，仿佛十年没有见面似的。之后就是东拉西扯地闲谈；向每一个人问候，笑，大笑，跑，跳。这时开始同爸爸谈些正经事了，谈功课，谈我们的老师，谈法文，谈罗孟德的文法，我们都非常快乐，非常满足。就是现在回想起这些时刻，我还很快活。我努力刻苦地学习，来讨爸爸欢喜。我看出，他为我付出了最后一文钱，可是他自己，天晓得，做了多么大的挣扎呀。渐渐地他变得愈发郁郁寡欢，好生气了；他的性情坏极了；事情不顺利，而债台高筑。有时，为了不惹爸爸生气；妈妈都不敢哭，也不敢说话；妈妈病了；愈来愈瘦，咳嗽得很厉害。有时，我从学校回来——家里人都十分沮丧；妈妈轻声抽咽着，爸爸生着气。然后便是非难和责备。爸爸开始埋怨我不能带给他丝毫快乐和安慰了；说他们为我付出了最后一文钱，可是我到现在还不会说法语。总而言之，他把一切失败、一切不幸、一切的一切，都怪罪到我和妈妈身上。可是怎么还能这样苛责妈妈呢？有时，看到她，心都要碎了：她的两颊陷下去，眼睛凹进去，脸上呈现出一种害肺结核的人的颜色。我挨骂挨得最多。开始总是为一些小事，随后天晓得，会有什么下场；常常连我也不明白到底是为什么事了。还有什么事没叫数落过呢？……什么法文啊，什么我是一个大笨蛋啊，什么我们学校的女监学是个玩忽职守的蠢女人啊；什么这个女人不关心我们的品行啊；什么爸爸直到现在还没有找到工作啊；什么罗孟德的文法是最坏的文法，而扎波尔斯基的文法要好得多啊；什么他们为我白白破费了许多钱啊；什么显然我是个没有同情心的石头人啊。总而言之，我可怜透了，虽然我在拼命地练习会话和生词，可我还是不对，还得挨骂！这绝不是因为爸爸不爱我：他非常非常爱我和妈妈。可是这是性格，有什么办法呢？

操劳、忧伤、失败，折磨坏了可怜的爸爸：他变得多疑，而且暴躁了；他常常濒临绝望，对自己的健康也不当心了，受了点凉，就突然病倒，病不多久，突然死了，死得是那样猝然，有好些天我们都被弄得神志不清。妈妈傻呆呆的；我真怕她会发疯。爸爸刚一去世，债主们好像从地里钻出来似的，一窝蜂地涌到我们家里来。我们把家里仅有的一切都给了他们。那所坐落在城内的、在我们搬到彼得堡之后半年由爸爸买下的小房子，也变卖了。我不知道，后来这件事情是怎样了结的，不过最后我们是片瓦不存、无处安身了。妈妈得了重病，我们无法养活自己，吃穿无着，面临死亡。那时我刚满十四岁。恰好这时安娜·菲朵萝芙娜来看我们。她再三说，她是个地主，是我们的亲戚。妈妈也说，她是我们的亲戚，不过是很远的亲戚。爸爸在世时，她从来不到我们家。她满含泪水地来到我们家，说，她非常同情我们；她对我们的损失，对我们的困难处境，表示深刻的同情。她还说，爸爸自己做得不对：他不是凭能力生活，而是把买卖拉得太大，过于自信了。她表示愿意同我们亲密地相处，要我们忘记彼此不愉快的事；可是当妈妈声明，她从来就没有对她有恶感时，她流下了眼泪。她把妈妈领到了教堂，并且为亲爱的人（她是这样称呼爸爸的）商定了超度亡灵仪式。在这之后，她和妈妈庄重地和解了。

经过长时间的表白和劝说，又把我们的困难处境、孤苦伶仃、无依无靠的生活，大大地加以渲染之后，安娜·菲朵萝芙娜邀我们到她那里寄居（她是这样说的），妈妈感谢了她，但很长时间下不了决心；最后，因为实在是走投无路，没有别的办法可想，才不得不告诉安娜·菲朵萝芙娜，说她的建议我们很感激地接受了。我还非常清楚地记得，我们从彼得堡城搬到瓦西里耶夫岛去的那个早晨。

那是一个秋天的、晴朗的、干燥的、降霜的早晨。妈妈哭了；我当时非常难过；我的胸部像被撕裂一样，一种可怕的、无名的烦恼折磨着我的心……这是沉痛的时刻。

二

起初，在我们，也就是妈妈和我，还没有在新居住惯以前，不知怎的，总觉得安娜·菲朵萝芙娜的家对我们陌生，而且可怕。安娜·菲朵萝芙娜住着自己的房子，相当讲究。房子总共有五间。其中三间是安娜·菲朵萝芙娜和我的表妹莎霞住的，莎霞归她抚养——是一个没有父母的孤儿；一间让我们住；还有一间，同我们屋并排，住着一个穷学生，波克洛夫斯基，他是安娜·菲朵萝芙娜的房客。安娜·菲朵萝芙娜生活得很富裕，比所能预料的还要富裕；但她的身份却令人不解，正像她的职业一样。她总是跑来跑去的，满腹心事，一天出出进进好几趟;可是她究竟做什么,忙什么,为什么忙?我却无论如何也猜不出来。她认识的人非常多而且复杂。有时,什么样的客人都来看她,天晓得这都是些什么人。待一会儿,办完事就走了。因此,妈妈总是一听铃响,就把我拉到房间里去。为这,安娜·菲朵萝芙娜对妈妈非常生气,还不停地唠叨说,我们太骄傲了,骄傲得自不量力。这样一连几个小时地说下去。那时我不明白这些指责我们骄傲的话的意思。只是到现在我才懂得,或者至少是猜到,当初妈妈为什么不肯搬到安娜·菲朵芙娜家里来住。安娜·菲朵萝芙娜是个凶狠的女人;她不断地折磨我们。可是为什么当初她要邀请我们到她家里住?直到现在对我仍是一个谜。起初,她对我们相当和气,可是后来,看到我们真正是无依无靠、走投无路了,她的本性就完全暴露出来。嗣后她对我倒十分亲热。甚至亲热到一种阿谀奉承的程度,可是最初我也同妈妈一道受苦。她常常责备我们;总是念叨自己的好处,她向外人介绍，说我们是她的穷亲戚，是无依无靠的孤儿寡妇。她看在仁慈的基督面上，出于善心，才收留了我们。吃饭的时候，我们每拿起一块面包，她都用眼睛盯我们，可是，假使我们不吃，她也要数落个不停。会说我们太讲究啦，说请别见怪，钱多快活就多啦；说顶好是回自己家去铺排啦。她还时刻不停地咒骂爸爸：说他想超过别人，可结果是一败涂地；她说，他使妻子和女儿沦为乞丐，倘若没有她这样一个慈悲的、基督心肠的亲戚，老天有眼，也许我们不得不饿死在街头。什么难听的话她都说出来了！听到她的话，令人反感的程度超过痛苦。妈妈经常哭泣；她的身体一天不如一天了，她显然是生病了，然而，我们还得从早到晚地劳动，找些定做的活儿，缝缝补补，这使安娜·菲朵萝芙娜很不高兴；她再三声明，她的房子不是时装店。但总得穿，总得存点钱作意外花销，总得有自己的钱啊！我们储蓄钱是为了以防万一，我们希望将来能搬到别的地方去住。但是在劳动中妈妈失去了自己最起码的健康：她一天天地虚弱了。

病像一条虫子一样蛀蚀着她的生命，使她接近于死亡。我看到了这一切，感觉到了这一切，也为这一切而痛苦；这一切都摆在我的眼前。

日子一天一天地过去了，一切依然如故。我们安静地生活着，仿佛并不是住在城市。当安娜·菲朵萝芙娜开始充分地意识到自己的权威的时候，她渐渐地沉静了。其实，从来就没有人想来违抗她。我们住的房间和她住的那一边是以走廊隔开的，和我们并排住的，我已经提过，是波克洛夫斯基。他教莎霞法文、德文、历史和地理——各种学科，正像安娜·菲朵萝芙娜说的那样；报酬就是供他膳宿；莎霞是个非常聪明的姑娘，虽然顽皮淘气；那时她才十三岁。安娜·菲朵萝芙娜对妈妈说，如果我能读点书，倒不坏，因为我在寄宿学校还没有上完。妈妈很高兴地答应了，于是，我就同莎霞一起向波克洛夫斯基学了整整一年。

波克洛夫斯基是个非常穷苦的年轻人；他的

健康不允许他继续求学，不过照习惯，我们这儿还是叫他大学生。他过着俭朴、沉闷、隐者的生活，所以在我们房间里根本听不到他的响声。他的外表很奇怪；走路、行礼也不自然。说话很特别，起初我看到他不能不笑。莎霞总是向他淘气，特别是在他给我们上课的时候。然而他却是一个容易激动的人，爱生气，一点小事都能使他发火，他训斥我们，埋怨我们，有时不等下课，就气愤地走回自己房间。他整天坐在自己房里看书。他有许多书，而且都是一些非常珍贵、非常罕见的书。他在别处还带点课，取得一点报酬，可是，只要他一有钱，马上就去买书。

渐渐地我愈发了解他了。他是一个非常善良、非常高尚的人，是我所见到的人里最好的一个。妈妈非常尊敬他。后来他也成为我最亲密的朋友，当然，除了妈妈以外。

起初，我这么一个大姑娘也同莎霞一起捣蛋，而且，我们绞尽脑汁，想着怎样逗他发火。他气得可笑极了,而我们却觉得非常开心(现在想起这些事,我还害臊),有一次,我们逗得他几乎要哭了,我清楚地听到他喃喃自语:"狠毒的孩子。"忽然我感到不好意思起来;我觉得羞耻,难过,而且可怜他。我记得,我的脸直红到耳根,差点儿含着眼泪去求他,别为我们的恶作剧难过,可是他合起书,没有上完课,就走回自己房间了。我后悔得痛苦了一整天。一想到我们这些孩子的残酷举动,使他落泪,我就伤心之至。因为我们是在等着他流泪,我们要他流泪,我们使他失掉了最后的忍耐性,迫使他这个不幸的可怜人想起自己那难堪的命运!苦恼,忧伤,懊悔,使我彻夜不眠。据说,懊悔可以减轻灵魂的重担,但是事实恰恰相反。我不知道,在我的痛苦中怎么又掺进自尊心的。我不高兴他把我当成一个孩子。那时我已经十五岁了。

从这天起,我开始苦苦寻思,设想出上千个方案,试图使波克洛夫斯基一下子改变对我的看法。然而有时我却显得异常胆小而且羞怯了;从我当时的情况出发,我是什么决心也下不了的,而且只能限于一些幻想(天知道那是些什么幻想呵)。不过我不再和莎霞一起淘气了;他也不再跟我们生气;但是这还不能满足我的自尊心。

现在我来谈谈我所碰见过的人中的一个最古怪、最有趣、最可怜的人。我所以在此刻,恰好在这个地方提起他,是因为在这之前,我几乎没有注意过他——而现在,一切有关波克洛夫斯基的事,对我而言突然变得有意思起来了。

有时我们这儿常出现一个老头子,他个子矮小,头发灰白,身体笨重,行动不便,穿得破破烂烂的,总而言之,这是一个古怪得出奇的人物。一眼望去,你会以为,他好像在为什么事害臊,好像在为自己而惭愧。因此,他总是腼腼腆腆,扭扭捏捏的;他这种举止和扮相,使人几乎可以丝毫不差地断定,他是个疯子。有时,他来到我们这儿,站在过厅的玻璃门后面,不敢进屋。我们中间有谁路过——我或是莎霞,或是一个他认为对他较好的仆人——他就立刻招招手,要我们过去,他做出各种手势,除非你向他点点头,叫叫他——这是约定的暗号,意思是屋里没有旁人,他可以随意进来——只有在这时,老头子才敢轻轻推开门,高兴地笑笑,满意地搓搓手,然后踮起脚尖,照直往波克洛夫斯基房间走去。这就是他的父亲。

后来我详细地知道了这位可怜的老人的全部历史。他曾当过职员,却没有一点才能,所以在任职时占了一个最低、最不重要的位置。在他的第一个妻子(波克洛夫斯基的母亲)去世后,他忽然想要续弦,于是就娶了一个小市民出身的女人。新媳妇一过门,家里就造个底朝天,她弄得大家都不能安生;全家人都得受她支配。波克洛夫斯基当时还是个十来岁的孩子。后母恨他。可是波克洛夫斯基的运气还不错。一位认识老波克洛夫斯基、并一度是他的保护人的贝珂夫地主,收养了这个孩子,并且把他送到学校里念书。贝珂夫之所以关心他,是因为认识他那死去的母亲,而他母亲还在做姑娘时，就受过安娜·菲朵萝芙娜的恩惠，而且是她把母亲嫁给老波克洛夫斯基这位职员的。贝珂夫先生——安娜·菲朵萝芙娜的朋友和知己，当时激于慷慨，给了新娘五千卢布的嫁妆。这笔钱是怎样处置的就不清楚了。这些都是安娜·菲朵萝芙娜告诉我的；波克洛夫斯基是从不谈家事的。据说，他的母亲很漂亮，可是我很奇怪，为什么她会这样倒霉，会嫁给这样一个不争气的丈夫……她死的时候还很年轻，是在结婚后第四年。

波克洛夫斯基从小学升到中学，然后又升到大学。经常到彼得堡来的贝珂夫先生，就在这时也没有停止过对他的接济。但是波克洛夫斯基因为身体不好不能继续上大学了。贝珂夫先生把他介绍给安娜·菲朵萝芙娜，他亲自做的介绍，于是波克洛夫斯基就被收留下来，但有一个条件，就是得教莎霞所需要的各门功课。

由于妻子的折磨，老波克洛夫斯基完全沉湎于恶习中了，几乎永远是醉醺醺的。妻子打他，吩咐他到厨房去住，并且竟然到了这种地步：连他自己也习惯于挨打、受苦，却没有丝毫怨言了。他还不是很老，可是不良的嗜好却使他几乎失去理性。他的唯一的人类高尚感情的表现，就是对儿子的无限爱。据说，波克洛夫斯基长得非常像他去世的母亲。也许正是对善良的前妻的怀念，才使这个堕落的老人从心里产生了这种对儿子的无限爱？老人除了谈儿子外，别的什么事都不会谈，而且总是一个礼拜来看儿子两次。他不敢多来，因为波克洛夫斯基不能忍受父亲的拜访。无可争辩，儿子的头一个，也是最大的一个弱点，就是不尊重父亲。不过，有时老人也的确是一个非常令人难以忍受的人。首先，他非常好奇。其次，他常常用最无聊的、条理不清的问题和谈话来妨碍儿子读书。再次，有时他还喝得醉醺醺地来到这里。由于儿子的多次劝告，老人慢慢改掉了喝酒、好奇、爱唠叨的习惯，最后竟达到这种程度，他把儿子当神一样地信奉，不得他的允许，就不敢开口。

可怜的老人非常喜欢自己的别金卡（他是这样叫儿子的），而且对他赞叹不已。但每当他到儿子这儿来做客时，又总是带着一副忧虑、胆怯的面孔，大概是因为不知道儿子会怎样接待他。通常他总是迟迟不肯进屋，如果此刻恰好我在场，那么他就会用大约二十分钟时间来盘问我——别金卡怎么样？他健康吗？情绪好吗？他是不是正在忙要紧的事？他做什么事？是在写东西还是在考虑问题？每次都在我给他相当地鼓励和安慰之后，老人才迈步走进去，然后小心翼翼地推开儿子的房门，最初伸进一个脑袋，如果看到儿子没有生气，而且还向他点头招呼，他就悄悄地走进屋。脱下大衣，摘下帽子，那是一顶揉得皱皱的、满是窟窿的、脱了边的帽子，把它们挂到钩子上，他做这一切时动作非常轻，一点声音也听不到；随后谨慎地坐到椅子上，目不转睛地望着儿子，望着他的一举一动，想猜出别金卡此时的心情。如果儿子的心情不够好，老人察觉出来，马上就从座位上欠起身解释说:"是这样,别金卡,我只待一会儿。我走了很远的路,打这儿路过,顺便来歇歇。"之后,他默不作声地、顺从地取下自己的大衣,帽子,又轻轻推开门,为着克制那郁集在心头的痛苦,不让儿子看出,强装笑脸地走出去。

可是有时,当儿子热情地接待父亲的时候,老人便高兴得不知道怎么好了。他的面孔,他的表情,他的动作,都露出一种满足的神情。如果儿子先开口跟他谈话,老人总是从椅子上微微欠起身,轻声细语地、毕恭毕敬地回答,而且总是竭力运用一些最不平凡的,也就是说,最逗趣的语言。但他没有口才:总是发慌,害怕,以至于手足无措,并且事过以后他还久久地自个念叨着,仿佛要纠正原先的话似的。如果偶然回答得不错,老人便神气十足:整整自己的背心、领带和燕尾服,做出一副庄重的神情。有时,他兴奋到了这种程度,竟至于情不自禁地离开椅子站起来,走到书架跟前,随意抽出一本书,立刻宣读起来,不管这是什么书。他做这一切时的冷淡和不在乎神情是装出来的，仿佛他生来就可以擅自动用儿子的书，仿佛他并不是初次得到儿子的厚待似的。可是，有一次我偶然看到了可怜的老人的惊慌神态，那是在波克洛夫斯基请他不要动书的时候。他窘困，狼狈，书也放颠倒了，后来想正过来，倒了一个过儿，又把书的裁口朝外了，他微笑着，红着脸，不知道应该怎样来弥补自己的过失。波克洛夫斯基费了许多口舌才使老人渐渐地改掉了那些嗜好，他只要一连三次看到他没有喝酒，那么再见面临分手的时候，就给他二十五个戈比，五十个戈比，或者更多一些。有时给他买双靴子，一条领带，或一件背心。老人穿戴着这些新东西，高兴得像一只公鸡似的。有时他顺便来望望我们，给我和莎霞带一点公鸡形的蜜糖饼干和苹果，而且有时还不住地跟我们谈论别金卡。他要我们用心念书，要我们听话，他说，别金卡是个好儿子，顶呱呱的儿子，并且很有学问。说到这儿，有时，他就向我们滑稽地眨眨左眼，逗趣地晃一下身子，我们忍不住笑起来，而且打心眼里笑他。妈妈非常喜欢他。但是老人憎恨安娜·菲朵萝芙娜，虽然他在她面前非常顺从。

不久，我就不上波克洛夫斯基的课了。他依然把我当成一个孩子，一个和莎霞一般无二的顽皮姑娘。这使我非常难过，因为我已经想尽方法来弥补我以前的过失。可是没有人觉察出来。这使我愈来愈懊恼。除在课堂外，我几乎从来不同波克洛夫斯基说话，而且也不能说话。因为我爱脸红，害臊，后来还气得我躲在屋角哭。

我不知道这一切会怎样结束，如果不是一个特殊的情况使我们接近的话。一天黄昏，妈妈坐在安娜·菲朵萝芙娜房里，我悄悄走进波克洛夫斯基的房子。我知道他不在家，而且说实在的，我不知道为什么我会突然想起到他的房子里去。在这之前，我还从来没有去看过他，虽然我们隔着墙壁住了已经一年多。这次我的心跳得厉害极了，仿佛要从胸腔里跳出来似的。

我怀着一种特殊的好奇，向四周环顾了一下。波克洛夫斯基的房间陈设得非常简陋，而且漫无秩序。墙上钉着五个长长的书架。桌上和椅子上都是纸。除了书就是纸！一个奇怪的念头钻进了我的脑子，而且与此同时，一种不愉快的烦闷制服了我。我觉得，过去我对他的友谊，对他的爱恋的心，实在是太少了。他很有学问，可我是一个笨蛋，什么事也不懂，什么书也没有读过，连一本书都没有读过……于是我羡慕地望了望那些长长的、被书压弯了的书架。我被烦恼、忧愁和恼怒吞噬了。我想要，而且马上下决心要读完他的书，一本不漏地、尽快地读。我不知道，也许，我想过，只有学会了他知道的一切之后，我才配得上他的友情。我迅速地走到第一个书架跟前，不假思索地顺手抽出一本满是灰尘的旧书，而且脸上一阵红一阵白，激动和害怕得哆嗦着身子，把偷来的书拿回自己房里，决定在夜里，在母亲睡着了的时候，在小灯前读它。

可是，当我回到房里匆忙打开书，看到的却

是一本旧的、半腐朽的、被虫完全蛀了的拉丁文书的时候，我是多么苦恼啊！我马上转回去。刚想把书放回书架，就听到走廊上有响声，有人进来的脚步声。我慌张起来，可是那本讨厌的书原来是那样结实地挤在书架里，以致当我抽出这本书之后，其余的书都自动地靠拢起来，此刻竟没有空地方再给它们从前的伙伴了。我没有力气把书插进去。可是我还在用力推书。一颗生了锈的、固定书架的钉子，仿佛有意等待这个机会似的，一下子断了。书架的一头歪下来。书带着响声纷纷落在地板上。门开了，波克洛夫斯基走进来。

应当指出，他是不能忍受别人在他的领地胡作非为的。谁要是动了他的书就倒霉！你们可以想到，当大大小小、薄薄厚厚、各种开本的书，一下子从书架上冲下来，飞着，跳到桌子底下，跳到椅子底下，跳得满房子都是的时候，我是多么害怕啊！我想跑掉，可是已经晚了！"完了。"我想，"完了！我完蛋了！我简直跟一个十岁的孩子一样淘气顽皮;我真是个傻闺女!真是一个大浑蛋!"波克洛夫斯基气坏了。"瞧,您闹成什么样子了!"他叫道。"您这么胡闹,难道不害臊!……您什么时候才能懂事?"于是他跑过来捡书。我也弯下腰来帮他捡。"不用您,不用您,"他叫道,"顶好别人不请,您别进来。"然而,我的顺从态度使他渐渐变得温和些了,他已经比较平静地、用不久前老师的口吻说话了,利用不久前还是老师的地位:"喂,您什么时候才能稳重些呢?您什么时候才能懂事呢?您瞧瞧自己,您已经不是孩子了,不是小姑娘了;要知道您已经十五岁了!"说到这儿,也许,为要证实我确实已经不是一个小姑娘了,他向我望了一眼,脸红到了耳根。这时我还不明白;所以我站在他面前,吃惊地睁大眼睛看着他。他站起来,带着惭愧的表情走到我跟前,他慌乱极了,说了句话,似乎在为什么事道歉,也许是为只是此刻他才发现我是这样一个大姑娘了吧。最后我终于明白了。我不记得,当时我是什么样子;我羞愧,狼狈，脸红得比波克洛夫斯基还要厉害，我用双手捂住脸，跑出房去。

我不知道自己该怎么办，臊得不知道躲到哪里。一想到他碰到我是在他的房里，我就难过！整整三天，我不敢望他一眼。我羞愧地掉下了眼泪。一些非常奇怪、可笑的念头，在我的脑子里旋转。其中最荒诞的一个念头就是：我想到他那里，同他说明白，把全部实情告诉他，毫不隐瞒地告诉他，并且要他相信，我绝不是一个不懂事的小姑娘在胡闹，而是怀着一种善良的心愿。我已经完全决定去找他了，可是上帝保佑，我的勇气不足。我设想，那会搞成什么样子呢！就是现在，回想起这一切，我还害臊。

过了几天，妈妈突然得了重病。她已经两天没有起床了，而且第三天夜里烧得不省人事。为了看护妈妈，我已经有一夜没有睡觉，我坐在她的床头，喂她喝水，按时给她吃药。第二天夜里我困极了。时不时地东倒西歪，眼前发黑，头发晕，每一分钟我都可能疲倦得倒下来,可是母亲的微弱的呻吟声唤醒了我,我哆嗦着,醒来片刻,然后睡魔又征服了我。我苦恼极了。我不知道——我记不起来了——可是一个噩梦,一个可怕的幻影,在这折磨人的睡与不睡的斗争时刻,闯进了我的紊乱的头脑中。我恐怖地醒来。房子里黑黑的,小灯要熄了,光线忽而洒满整个房间,忽而在墙上微微一晃,然后就完全消逝了。不知道为什么我害怕起来,恐惧袭击着我;噩梦激励着我的想象;痛苦紧压着我的心……我从椅子上跳下来,一种使人痛苦的、叫人非常不愉快的感觉,使我情不自禁地喊了一声。这时门开了,波克洛夫斯基走进我们房里来。

我只记得,我醒来时躺在他的手臂上。他小心地把我放在沙发椅上,递给我一杯水,然后提出许多问题。我不记得,我给他回答了些什么。"您病了,您病得很厉害,"他说,拿起我的一只手,"您发烧,您在糟蹋自己,您不爱惜自己的身体;

安静点，躺下，睡一会儿。过两个钟头我来叫您，安静一点……躺下，躺下！"他接着说，不给我一点机会来反驳。疲倦夺去了我仅有的力量；我的眼睛由于虚弱而紧闭起来。我躺在沙发椅上，决定只睡半个小时，可是一直睡到早晨。波克洛夫斯基直到需要给母亲吃药的时候才叫醒我。

次日，因为白天睡了一会儿，我准备再坐到母亲床边的沙发椅上，而且决定这次无论如何决不睡觉了。夜间十一点钟的时候，波克洛夫斯基来敲我们的房门。我开了门。"您一个人坐着会寂寞的，"他对我说，"给您一本书；拿去吧；这样就不至于太寂寞。"我接过书；我不记得，这是一本什么书，虽然我整夜没有睡觉，可是几乎没看一眼。一种奇怪的内心冲动，使我睡不着觉，使我坐卧不安；有好几次，我离开椅子站起来，在房间里走来走去。一种内心的满足渗透了我的全身。波克洛夫斯基的关心使我很快活。我为他给我的关怀而骄傲。我考虑了并且幻想了整整一夜。波克洛夫斯基没有再来；而且我也知道他不会来了，于是就盼望他下一个夜晚再来。

第二天晚上，楼里的人都睡下了，波克洛夫斯基打开他的房门，站在门槛上，开始同我谈起话来。现在我已经记不起当时我们彼此谈过的话；只记得，那时我心慌意乱，恼恨自己，并且急切地等待着谈话的结束。虽然我曾经非常热烈地盼望过这次谈话，整整一天都在梦想着它，而且还编出我的许多问话和答话……我们的最初的友谊就从这天晚上开始了。在母亲害病的全部时期，每天夜里，我们都在一起待几个小时。渐渐地我克服了自己的害羞心理，虽然在我们每次谈话之后，我总还要抱怨自己一番。不过，我带着内心的快乐和满足看到，他为了我开始忘记自己那讨厌的书本了。有一次，偶然在开玩笑时，谈到书架翻倒的事。这一刻奇怪极了，不知为什么，我特别坦白，诚实；我沉醉在奇异的兴奋激昂中，我对他坦白了一切……说我想学习，想知道一点事情，说我因为他把我看成了孩子、小姑娘而难过……我再说一遍，当时我的心情十分古怪；我的心柔和极了，眼睛里含满泪水——我毫不掩饰地说出了一切，一切——关于我对他的友情，关于想爱他，想和他一块真心相处，想安慰他，想体贴他的愿望。他不知为什么奇怪地、困惑莫解地望望我，但没有对我说一句话。我忽然觉得十分痛苦和难过了。我觉得，他不了解我，他也许在嘲笑我。我突然像孩子似的号啕大哭起来，自己也克制不住自己；真像发了狂似的。他拿起我的双手，吻着，然后把它们放在自己胸前。他劝我，安慰我；他感动极了；我不记得他对我说了些什么，不过当时我是一会儿哭，一会儿笑，一会儿又哭，脸发红，高兴得说不出一句话来。虽然我很激动，可是我发现，在波克洛夫斯基脸上仍然保留着某些拘束和不安。仿佛，他对我的热情、我的喜悦、这种出其不意的、火热般的友谊，太震惊了。也许，最初他只是感到好奇；可是随后他的踟蹰的表情消失了，他也怀着如同我一样的纯真的感情,接受了我的爱,我的亲切的谈话,我的关怀;而且像是我的真诚的朋友,我的亲兄弟一样,他也用同样的关怀,同样的友情,同样的亲切,来回答我的一切。我的心感到无比的温暖,快乐!……我毫不隐瞒,什么都说;他看到了这一切,于是一天天地愈发爱我了。

真的,我不记得,在这痛苦然而却是甜蜜的、相会的时刻里,在夜间,在抖动的灯光下,在我的可怜的生病的母亲的床头,有什么事我们还没有谈到……凡是脑子里想的,心里有的,要说的话都说了,而且我们几乎是幸福的……哦,这是既悲哀而又快乐的时刻——两者混杂在一起;就是此刻回想起来,我还觉得悲哀而且快乐。回忆,不管是快乐的,还是痛苦的,永远是折磨人的;至少对我来说是如此;不过这种折磨是甜蜜的。所以每逢内心感到沉重、痛苦、烦恼、忧伤时,回忆一下过去,心里就轻松些,快活些,好像那在炎热的白天过后,变得憔悴了的、可怜的、无精打彩的花朵，受到黄昏的露珠的滋润，重新复苏过来的一样。

妈妈渐渐恢复健康了，可是夜里我还是坐在她的床边。波克洛夫斯基常常给我一些书看，起初我读书是为了不要睡觉，后来就比较用心地读了，再后就贪婪地读了；在我的面前突然出现了许多新的、在这之前根本不知道、不熟悉的东西。许多新思想，新印象，像泛滥的洪水一样，一下子涌进我的心房。在接受新的印象时，我愈是激动，愈是困惑，愈是下功夫，它们对我也就愈亲切，愈能打动我的心。它们突然一下子涌进我的心中，不让它得到喘息。一种奇怪的乱七八糟的念头开始搅乱了我的整个身心。但是这种精神上的压力，不能也没有力量使我完全陷入混乱状态。我非常爱幻想，正是这一点救了我。

妈妈的病好了，我们在晚上的相会和冗长的谈话也终止了；有时我们也能交谈几句，常常是毫无意义的话，但我却喜欢给这些话赋予自己的涵义,做出自己的特殊评价。我的生活充满了活力,我很幸福,平静,而且怡然自得。这样过去好几个礼拜……

有一次,老波克洛夫斯基顺便来看我们。他同我们扯了很长时间闲话,显得异常快乐,兴致勃勃,唠唠叨叨的;他笑着,按照自己的意思说了许多俏皮话,最后才解开了他之所以高兴的谜,对我们宣布说,再过一个星期就是别金卡的生日了,还说,那一天他准备来看儿子;他要穿上新背心,说妻子答应给他买双新靴子。总而言之,老人十分高兴,想起什么说什么。

他的生日!这个生日使我白天和黑夜不能安宁。为了表示对波克洛夫斯基的友谊,我拿定主意,要送一件礼物给他。送什么呢?最后我决定送书。我知道他很想要一套新出版的《普希金全集》,于是我决定买《普希金全集》。我有三十个卢布的私房钱,是做针线活得来的。本来打算用这点钱给自己做件新衣服。我立刻打发我们的厨娘,玛特琳娜婆婆，去打听《普希金全集》的价钱。真倒霉！总共十一本书，加上装订费，至少得六十个卢布。去哪里弄这么多钱呢？我想了又想，不知道该怎么办。我不愿意向妈妈要钱。当然，妈妈一定会帮助我；不过那样，这里的人就会知道我的礼物了；况且这个礼物的本身，也就会被当成是对波克洛夫斯基一年劳动的酬金。我想不让大家知道，单独送这份礼。至于他给我上课的事，我愿意除了友谊之外，永远欠他这份人情，而不付任何报酬。最后，我终于想出解决这个难题的办法了。

我知道，只要肯讲价，有时在商场的旧书摊上，也可以用便宜得多的价钱，买到一本往往是很少人看过的、几乎是全新的书。我决定亲自到商场去一趟。事情也凑巧；第二天，安娜·菲朵萝芙娜和我们都需要买东西。妈妈不大舒服，安娜·菲朵萝芙娜恰好懒得出门，于是这份差事就落到我头上来了，我便和玛特琳娜一起去商场了。

真侥幸，很快我就找到了《普希金全集》，而且装订得十分美观。我开始讲价钱。起初要得比书店里的还贵；可是后来，好说歹说，走开了几次，商人才总算让了价，说定为十个银卢布。价格居然讲成了，我多么高兴啊！……可怜的玛特琳娜不明白我是怎么回事，为什么要买这么多书。可是不得了！我的全部资金就是三十个纸卢布，商人无论如何不肯再削价了。最后，我开始央求他，三番五次地恳求他，他总算答应了。可是他只让两个半卢布的价。而且发誓，他只能对我做这样大的让步，因为我是一个可爱的小姐，若是别人，他是决不肯让的。还缺两个半卢布！我懊丧得真想哭。但是一个意想不到的情况在我为难的时候帮了忙。

离我不远，在另一个书摊前面，我看见了老波克洛夫斯基。他的周围聚拢了四五个旧书贩；他们简直把他搞得糊里糊涂，晕头转向。他们每一个都把自己的书拿给他看，他们给他拿出各种各样的书，他是多么想买这些书呵！可怜的老人，站在他们中间，好像被制服了似的，不知道该买拿给他的哪一本书。我走到他跟前,问他到这里干什么?老人看到我很高兴;他非常爱我,甚至不亚于爱别金卡。"想买几本书,瓦尔瓦拉·阿列克塞耶芙娜,"他回答我说,"给别金卡买几本书。瞧,他的生日就要到了,他喜欢书,所以我想给他买几本书……"老人说话本来就挺可笑,加上此刻他正处在十分尴尬的处境。无论一本什么书,他一打听价钱,就是一个、两个,甚至三个银卢布;他已经不再打听大书的价钱了,而只是羡慕地望望那些书,用指头翻翻,在手里掂掂,然后又把它们放回原处。"不,不,这太贵了,"他低声说,"未必里面会有什么宝贝。"于是他开始翻阅一些薄书:歌曲选、文选之类,这些东西很便宜。"您干吗要买这种东西?"我问他,"这都是些不值钱的东西。""呵,不,"他回答说,"您只要看看,这里有好书,非常非常好的书!"可是在他说最后几个字时,声调拖得很长,很悲哀,使我觉得,他马上就会为好书的价格高而气哭了,泪水会立刻从他那苍白的双颊流到红鼻尖上。我问他手里钱多不多?这时,可怜的老人掏出了裹在一张油报纸里的全部积蓄,"就这半个银卢布,二十个戈比的钱币,二十个戈比的铜币。"我立刻把他拉到我买书的那个摊贩那里。"瞧,整整十一本书,要三十二个半卢布;我有三十个卢布;你再拿两个半卢布,我们就买下整套书送他。"老人高兴之至,把自己的钱都倒出来,于是书商就把我们合买的一套书都交给他。老人把书塞满了口袋,手里和胳肢窝底下也是书,然后他告诉我,明天他悄悄地把所有的书都带来,我们就各自回家了。

第二天,老人来看儿子,像往常那样,他在儿子那儿大约坐了个把钟头,然后来看我们,他带着一副十分滑稽的、神秘的表情,坐到我的身旁。起初,他搓搓手——因为满足于掌握到一个秘密——微笑地对我说,书已被悄悄运到我们这里了,放在厨房,由玛特琳娜保存着。随后,谈话自然而然地转到即将到来的节日上;后来,老人又扯到我们怎样送礼的事,他愈深谈这件事;我就愈觉得,他有一桩心事,然而对于这,他既不能,也不敢,甚至害怕说出来。我一直等待着,不作声。那种在这之前,在他的奇怪的表情里,轻易流露出来的内心满足和欢快神情,做鬼脸、使眼色等,顿时消失了。他变得愈发不安和忧郁了;最后,他忍耐不住了。

"听着,"他胆怯地低声开始说,"听着,瓦尔瓦拉·阿列克塞耶芙娜……你知道吗,瓦尔瓦拉·阿列克塞耶芙娜……"老人慌乱万分。"瞧:您,到他生日那天,拿十本书,自己去送他,也就是说,以你自个儿的名义;我呢,拿十一分之一,也以自己名义,也就是我个人名义去送他。这样,瞧——您有东西送他,我也有东西送他了,我们俩都有东西送他了。"说到这里,老人窘困得不说话了。我看了他一眼;他胆怯地但是怀着希望地等待着我的决定。"不过,您为什么不愿意我们一同送礼呢,扎哈尔·彼得洛维奇?""是这样,瓦尔瓦拉·阿列克塞耶芙娜,这是因为……是因为我,是这样……"总而言之,老人窘极了,脸通红,说不出一句话来。

"瞧,"他终于解释道,"瓦尔瓦拉·阿列克塞耶芙娜,有时,我爱胡闹……也就是说,我想告诉您,我几乎总是在胡闹,永远在胡闹……我有一个嗜好……你是知道的,天气一冷,或是有时遇到不愉快的事,心里难受,或是发生了一桩倒霉的事,这时我就忍不住要胡来,有时喝得烂醉。别金卡非常不满意我这一点。你看见了吗,瓦尔瓦拉·阿列克塞耶芙娜?他生气,骂我,给我讲许多道理。所以现在我想用我的礼物向他证明,我在改正缺点,而且开始表现得好些了。瞧,我在存钱买书了,存了很长时间,因为我几乎从来就不曾有钱,不过,有时,别金卡偶然也给一点钱。这他知道。因此,他会看到我是怎样支配我的钱的,并且知道,我做这一切也全是为他。"

我觉得老人可怜极了。我想了一会儿。老人

不安地望着我。"听着,扎哈尔·彼得洛维奇,"我说,"您把这些书都拿去送他吧!""全部?所有的?……""是的,所有的。""以我的名义?""以您的名义。""以个人名义?以我自己的名义?""是的,以您的名义……"我似乎说得非常清楚了,可是老人很久不能明白我的意思。

"是的,"他想了想说,"是的!这太好了,这实在太好了,不过您呢,瓦尔瓦拉·阿列克塞耶芙娜?""我嘛,什么也不送。""什么!"老人几乎是吃惊地叫出来,"您什么也不送,您什么也不想送他?"老人震惊了;在这一分钟,他似乎打算要放弃自己的请求,因为他也希望我能送点礼物给他儿子。这个好心的老人!我安慰他,说我是高兴送礼的,不过,我不愿意使他失望。"倘若您的儿子满意,"我补充说,"您也满意,我就快乐了。因为暗中,在我心里,我会觉得,实际上我送了礼物给他。"老人这才完全放心了。他在我们这儿又待了两个小时,可在这全部时间里,他坐立不安,一下子站起，一下子乱转、乱闹，一下子叫嚷，一下子逗莎霞玩，一下子偷偷吻我，捏我的手，并且还悄悄地向安娜·菲朵萝芙娜做鬼脸。最后，安娜·菲朵萝芙娜终于把他赶出房去。总而言之，老人兴奋得简直发了狂，仿佛他还从来没有这样快乐过。

生日那天，恰好十一点整，做完弥撒，他就直接来了。他穿着织补得相当讲究的燕尾服，而且确实穿了一件新背心和一双新靴子。他一手提一捆书。当时，我们都坐在安娜·菲朵萝芙娜的客厅里喝咖啡（这是礼拜天）。记得，老人开始是说，普希金是个非常了不起的诗人；随后，他突然狼狈不堪地转换了话题，说一个人应该有好品行，倘若一个人品行不好，那他就会胡来；恶习也就会毁灭他；他甚至还列举了几个不听规劝的、结局可悲的人的例子，最后结束时还说，他已经从某个时期开始，完全改邪归正了，现在他的行为非常好。他说，还在以前，他就觉得儿子的劝告是对的，他早就感觉到这一点，而且牢记在心里，现在他已经付诸行动。为了证明这一点,他用很长时间积蓄下来的钱买书送他。

听了可怜的老人的谈话,我忍不住满含泪水地笑了;他竟会撒谎,当需要的时候!书被送到波克洛夫斯基房里,并且放在架子上了。波克洛夫斯基一下子就识破了真相。老人被留下吃午饭。这一天我们都非常快乐。午饭后我们打方特牌;莎霞顽皮极了,我也不次于她。波克洛夫斯基对我很殷勤,总想找机会同我单独谈话,但是我躲着他。这是我四年来生活中最快乐的一天。

可是现在再往下谈,就是一些沉痛的回忆了;开始叙述我的沉痛的生活。或者就是这个缘故,我的笔才动得慢起来,仿佛拒绝再写下去似的。或者就是这个缘故,我才这样专心致志地、充满爱情地回想起那些发生在我的幸福日子里的、我的卑微的生活中的每件小事。这些日子是如此短暂;紧跟着它们的便是,天晓得,什么时候才能结束的痛苦和忧伤。我的不幸是从波克洛夫斯基生病和死亡开始的。

在我上面记述的那件事情之后两个月,他生病了。在这两个月中间,为了生活,他不知疲倦地奔波着,因为直到此刻他还没有一个固定的职业。像所有害肺痨的人一样,直到最后一分钟,他都没有放弃长寿的希望。他可以随便在哪里获得一个教师的职位;然而他厌恶这种职业。到国家机关当差吧,身体又不好。况且要等很久,才能领到第一次薪水。简而言之,波克洛夫斯基是到处碰壁;他的性格变坏了。身体受到了摧残;但是他没有留心这一点。秋天降临了。他穿着一件夹大衣,每天在外面奔波,请求得到一个位置,这刺伤了他的心;两脚常常泡在水里,全身被雨淋着,最后,终于躺倒在床上,从此之后就再也没起来……他是在深秋十月底死去的。

在他害病的全部时间,我几乎没有离开过他的房子,照顾他,侍候他。常常整夜整夜地不睡觉。他很少有清醒的时候;总是说胡话;天晓得,说了些什么：什么职业呀，什么书呀，什么我呀，什么父亲呀……于是就在这时，我听到了他的许多事情，这是我从前不知道，而且连猜都猜不出来的。在他害病的初期，我们楼的人都很诧异我的举动；安娜·菲朵萝芙娜还摇摇头。可是我很坦然，后来他们不再责备我对波克洛夫斯基的同情了——至少母亲是这样。

有时波克洛夫斯基认出是我，但这种情况很少有。他几乎总是处在不省人事的状态中。有时他整夜整夜地、长时间地同什么人说话，语言模糊，含混，他的沙哑的声音，在他那宛如棺材似的狭小的房间里，发出沉闷的回声；这时我便觉得非常可怕。特别是在最后一夜，他好像疯了似的；他痛苦极了；他的呻吟声撕裂着我的心。楼里的人都惊惶万分。安娜·菲朵萝芙娜不停地祈祷着，希望上帝赶快收他回去。有人把医生请来了。医生说，病人至多活到明天早晨。

老波克洛夫斯基在走廊里、儿子的房门口待

了整整一夜。有人为他在走廊上铺了一块蒲席。他不时地走进房子；看到他真叫人害怕。他悲痛万分，仿佛完全失去知觉似的。他的头由于恐惧而颤抖着。他的全身都在哆嗦。可是嘴里却总在喃喃自语，好像在同自己争辩。我觉得，似乎他痛苦得要发疯了。

　　黎明前，痛苦不堪的老人，在蒲席上像死人一样地睡着了。八点钟时，儿子开始断气；我叫醒他父亲。波克洛夫斯基十分清醒，和我们大家告了别。真奇怪！我哭不出来，可是我的心碎了。

　　但是最使我难受而心碎的，是在他最后一刹那。他固执地用他那发僵的舌头要求我们做一件事，可是我无论如何不明白他的话。我心痛极了！整整一个钟头，他不能安静下来，总在念叨这件事，努力用自己那僵冷的手做手势，然后又用沙哑的声音哀求着；但是，他的话只是一些不相连贯的声音，我还是不明白。我把楼里的人都引来看他，给他喝水；可是他总是失望地摇摇头。最后，我明白他想什么了。他请求拉开窗帘，打开护窗板。无疑，他想要最后望一眼白天，望一眼上帝的光辉和太阳。我拉开窗帘；可是正在开始的白天是阴沉的，暗淡的，仿佛死者那即将熄灭的、可怜的生命一样。没有太阳。云雾笼罩住天空；它是那样的阴沉，忧郁，多雨。毛毛细雨打在玻璃上，一条条冰冷的脏水洗刷着玻璃；天空昏暗无光。只有一缕苍白的昼光透进房子里，和点在圣像前的、颤抖的灯光争辉。死者十分忧伤地看了我一眼，摇摇头。过了一会儿就死了。

丧事由安娜·菲朵萝芙娜料理。买了一口极其普通的棺材，租了一辆破柩车。为了支付这些开支，安娜·菲朵萝芙娜没收了死者的全部书籍和其余东西。老人同她吵闹，和她抢书，他把抢到的书塞满自己衣袋，放到帽子里，放到一切能放的地方，他整整一天随身带着它们，甚至在上教堂的时候，他都没有放下。在这些日子里，他仿佛失掉了知觉，仿佛傻了似的，以一种稀有的关切态度在棺材旁边忙碌着：一会儿整整死者额上的绘有宗教绘画和文字的绦带，一会儿点起蜡烛，又撤走蜡烛。可以看出，他的思想不能有条理地考虑任何一件事。不论是妈妈，或者是安娜·菲朵萝芙娜，都没有去教堂参加安魂祈祷。妈妈病了，安娜·菲朵萝芙娜本来准备去的，可是因为同老波克洛夫斯基吵了嘴，也就没有去。只有我和老人参加了安魂祈祷。举行仪式时，我突然觉得十分可怕——仿佛那是对未来的预感似的。我几乎在教堂里站不住了。棺材终于封起来，钉上钉子，放到大车上，运走了。我送殡只送到街头。马车迅速地飞驰而去。老人跟在车子后面跑，并且大声地哭着；他的哭声由于奔跑颤抖着，时断时续。可怜的老人掉了帽子，可是并不停下来捡它。他的头被雨淋湿了；风刮起来；雾凇刺破他的脸。老人似乎没有觉察到这样恶劣的天气，哭着从车子的一边跑到另一边。他的破旧的礼服的下摆，迎风张开，仿佛两只翅膀。衣袋里的书露出来；他手里紧紧握着

79

一本厚书。过路人脱下帽子,画着十字。有些人停下来,吃惊地望着可怜的老人。书不时从他的衣袋里滑到污泥里。有人喊住他,告诉他丢了东西;他拾起来,又跑去追赶棺材。在大街拐弯的地方,一个乞婆死乞白赖地要同他一起送殡。柩车终于拐弯了,在我的眼前消逝。我回了家,悲痛万分地倒到妈妈怀里。我用胳膊紧紧、紧紧地搂住她,吻她,痛哭着,我胆怯地偎依着她,仿佛要用我的拥抱来挽留住我的最后的亲人,不让死神夺去……可是死神已经站在可怜的母亲的面前了!为了昨天到岛上散步,我是多么感谢您啊,马卡尔·阿列克塞维奇!一切是那么清新,美好,一片碧绿!我已经好久没有见到绿的了;每当我病时,我总觉得,我应该死去,而且一定会死去;那么您就可以想象出,昨天我会有什么样的感觉了!您不要因为我昨天忧愁就生我的气;我很好,很快活,但是就在我最幸福的时刻,我也常常感到忧愁。至于我的哭,这实在是件小事;连我自己也不知道，为什么我总爱哭。我觉得痛苦而且容易激动；我的印象是病态的。灰白的、无云的天空，落日，黄昏的寂静——这一切，我真不知道是怎么的。但是昨天，我仿佛特别容易从沉重压抑的那一面来接受印象，所以我的心痛苦极了，真想哭。可是干吗我要给您写这些呢？这一切连自己都很难明白。要传达给别人就愈发难了。不过，您可能了解我。无论是忧愁或是欢喜！真的；您是多么好的一个人啊，马卡尔·阿列克塞维奇！昨天，您是那样认真地注视着我的眼睛，仿佛要从这里窥探我的心情似的；您随着我的喜悦而喜悦。无论是走过一丛小灌木，或是一条小路，或是一条小溪，您都在我的身旁；您总是庄重威严地站在我的面前，一个劲儿地注视着我的眼睛，好像我的家长般。这证明，您有一颗善良的心，马卡尔·阿列克塞维奇。正是因为这点，我喜欢您。好吧，再见。我今天又病了；昨天我的脚打湿了，受了凉；菲朵拉也有点什么病，现在我们俩都成病人了。不要忘记我,常到我们这边来。

>　　　　您的瓦·朵
>
>　　　　6月11日

亲爱的瓦尔瓦拉·阿列克塞耶芙娜:

宝贝,本来我以为,您会用最美的诗来描写昨天的一切,可是您却只寄出一张简单的纸条。我之所以要这样说,是因为您的纸条虽然写得很少,然而描写得非常好,富于柔情。不管是大自然,或是乡村景色,或是感情一类东西——总而言之,您描写的都太好了。可是我就没有这种才能。虽然我能瞎画十张纸,可是什么东西也写不出来。我试验过。您写信说,我的亲爱的,我是一个善良忠厚的人,不会陷害同伴,懂得上帝对大自然所发的慈悲,等等,总之,您给了我许多称赞,这都对,宝贝,全都对;我确实像您说的那样,这点我自己也知道;不过当我读着您的来信时,起初自然而然地从心里产生一种亲切感,可是,随后便是各种各样的不愉快的反对意见了。听我说,宝贝,下面我就来告诉您,我的亲爱的。

我从我十七岁那年谈起,那时我才开始服务,瞧,我的服务生涯就要满第三十个年头了。是的,没有什么可说的,我穿破了许多套文官制服;变得成熟,聪明了,见过人;生活过,我可以说,在世上生活过了,而且有一次,上司还打算奖给我十字章。您也许不信,可是真的,我不会撒谎。那又怎样呢,宝贝,坏人到处有!可是我要告诉您,我的亲爱的,我虽然是个愚昧无知的人,可是看来,我的心也同别人的一样。那么,瓦莲卡,您知道坏人是怎样捉弄我吗?说起他们做的事,就叫人害臊;您会问——为什么他要这样做?就是因为,我是一个与世无争的人,是一个心地善良的人!我不合他们口味,所以就遭到冷遇。起初是这样:"听说,马卡尔·阿列克塞维奇,您有点那个。"随后就是:"要么,那您就别问马卡尔·阿列克塞维奇了。"现在是:"当然了,这一定是马卡尔·阿列克塞维奇干的!"您瞧,宝贝,事情就是这样:一切罪过都加到马卡尔·阿列克塞维奇头上;他们不过是要马卡尔·阿列克塞维奇成为整个局里有口皆碑的东西。不仅如此,他们还要把它变成骂人的代号,他们研究我的靴子,我的制服,我的头发,我的体形,样样都不合他们意,都需要翻改!而且要知道,从很久以来,这一切就每天每天地重复着。我习惯了,因为我对一切都会习惯的,因为我是一个与世无争的人,我是一个小人物;可是,然而,这一切为什么一定要这样呢?我伤害过谁吗?我排挤过谁吗?我在上司面前给谁抹过黑吗?我请求过奖赏?写过卖身契吗?您要这么想,就大错特错了,宝贝!我这么干有什么必要呢?您只需看一看,我的亲爱的,我有没有沽名钓誉、施展阴谋的本事?那么这些攻击为什么要对着我来呢?上帝饶恕我。可是您认为我是个好人,而您又比他们所有的人要好到不知多少倍,宝贝。您知道公民的最伟大的美德是什么吗?不久以前,在同个别人说话时,叶夫斯达维·依万诺维奇曾持这种观点：公民的最大美德——会赚钱。他们是开玩笑说的（我知道，是开玩笑说的）。有这么一个戒条：就是不要成为别人的负担，而我就不是别人的负担！我有自己的一块面包；诚然，是一块普通的面包。甚至有时是又干又硬的面包；可是却有，它是用劳动换得的，是正当而且无可非难的。当然，有什么办法呢！我自己也知道，誊写这个活儿，贡献小；可我仍然以此而骄傲：因为我工作了，我流汗了。誊写，这有什么关系！莫非誊写就是犯罪？"据说，他是个录事！""据说，他是个小录事！"可是，这有什么不体面呢？书法整齐，清楚，好看，上司满意；我为他们誊写最重要的文件。不过，就是没有文采罢了，这我自己也知道，没有这该死的玩意儿；所以这也是我没有晋升的原因。而且就是此刻无意间给您写信，我的亲爱的，也是直统统的，心里有什么就写什么……这些我都知道；不过，倘若大家都去当作家，那还有谁来誊写呢？瞧，我提出一个什么样的问题，而且还要求您来回答，宝贝。所以，现在我认为，我是有用的，是不可缺少的，无需用一派胡言乱语来迷惑人。那么，好啦，绿豆大的官就绿豆大的官吧，只要他们认为相像！不过，这个绿豆大的官是有用的，是能创造价值的，人们需要它，而且还奖赏它，瞧，它就是这种微不足道的小官！不过，别谈这个题目了，我的亲爱的；我本来不想说这些的，可是，有点控制不住。因为有时候替自己辩解几句，心里觉得舒服些。再见，我的亲爱的，我的爱，我的好心的安慰者！我去看您，一定去看您，看望您，我的好人儿。可是您莫悲伤。我给您带书去。好吧，再见，瓦莲卡。

真心关怀您的人
马卡尔·捷乌式金
6月12日

马卡尔·阿列克塞维奇先生：

我匆忙地写信给您，我很忙，正在赶活儿。

瞧,是这样一件事:可以买一宗便宜东西。菲朵拉说,她有一个熟人要卖一套制服,很新,还有衬衣,背心和帽子,据说,很便宜;所以顶好您买下来。您现在不是不困难吗,而且您还有钱,您说过,您有钱的。别舍不得花钱了,要知道这是必须的。您瞧瞧自己。您的衣服多破啊。真丢人!到处是补丁。新的,您又没有;这我知道,虽然您说您有,可是天晓得,您把它丢到什么地方去了?所以听我的话,买下来吧。您为我这样做吧;如果您爱我,就买下来。

您送衬衣给我作礼物;但是听着,马卡尔·阿列克塞维奇,您这是在糟蹋钱。您在我身上花那么多钱,简直太多了,真是开玩笑!哦,您怎么喜欢挥霍!我不需要;这一切都是多余的。我知道,我相信您爱我;用不着再用礼物来表白;我觉得接受您的礼物是痛苦的;我知道,它们破费了您多少钱。一辈子就这一次了,再不许了;听见了吗?我求您,我恳求您。马卡尔·阿列克塞维奇,您要我把我的札记的后一部分寄给您；您希望我把它写完。我不知道，我是怎样写出前一部分的！可是现在，我没有勇气来谈我的过去了；我甚至连想都不愿意去想它；一回想起过去，我就害怕。提起我的可怜的母亲，我就更加难过，她撇下可怜的女儿，任魔鬼们糟蹋。一想起过去，我的心就渗透了鲜血。这一切还是那样清晰；我甚至来不及好好考虑一下，更别提宽心两字了，虽然这一切离现在已经有一年多。但是您知道这一切。

我对您说过安娜·菲朵萝芙娜现在的思想情况；她骂我忘恩负义，否认她和贝珂夫先生的勾当。她要我到她那里去；说我是个乞丐，说我走上了邪路；说，假使我能回到她那里，她一定处理好同贝珂夫先生的事，并且迫使他在我面前道歉。她说，贝珂夫先生想给我一份嫁妆。去他的吧！在这里，和您，和好心肠的菲朵拉在一块，我很幸福，她对我的爱使我想起我那去世的乳娘。您虽是我的一个远亲，可是您用自己的名誉来保护我。他们呢，我猜不透他们的心！要是能够的话，我愿意永远忘记他们。他们还想打我的什么主意呢？菲朵拉说，这全是谣言。他们最终会抛开我，不再来惹我的。但愿如此！

瓦·朵
6月20日

亲爱的宝贝：

我想写信给您，可是不知道从哪儿说起。瞧，多么奇怪，宝贝，现在我和您在一起生活了。我还要说一句，我从来没有这样快乐。好像上帝降福给我一个家庭似的！我的好孩子！干吗您老要提我送您的那四件衬衫呢。要知道您需要它们，我从菲朵拉嘴里听到的。是的，宝贝，满足您的需要是我的最大幸福，是我的快乐，所以您就别管我了，宝贝；别理我，别干涉我。我从来没有这样快乐，宝贝。现在我也算活在人世了。第一，我已由一人生活变成两人了，因为您就住在我的近旁，而且安慰我；第二，今天有一个房客，我的邻居，拉达价耶夫请我喝茶，他就是那个经常组织作家晚会的人。今天有会，将要诵读文艺作品。瞧，现在我们生活得有多好，宝贝，是吧！好，再见。我写这一切并没有什么明确的目的，仅仅为了叫您知道，我很幸福。心肝儿，您要铁列莎告诉我，您需要一点刺绣用的花丝钱；我去买，宝贝，我去买，一定去买来。明天我就会快乐地完全满足您的愿望了。我还知道哪里可以买到它。

您此刻的忠实朋友

马卡尔·捷乌式金

6月21日

瓦尔瓦拉·阿列克塞耶芙娜女士：

告诉您，我的亲爱的，我们楼里发生了一件十分悲惨的事，真是惨极了！今天，早晨五点钟，高尔斯科夫的一个孩子死了。不过，我不知道得的什么病，是猩红热呢，还是别的病？天晓得！我去看望了高尔斯科夫一家。哦，宝贝，他们真是贫穷不堪！屋里乱七八糟！这也难怪：一家人住一间房子；不过为了体面起见，中间隔着一扇小屏风。一口极普通的、但还看得过去的小棺材停在屋当中；他们买的现成的，小孩儿有九岁，据说，很有希望。看着他们，真叫人难过，瓦莲卡！母亲没有哭，可是非常悲哀。或许，他们会因此而轻松一些，因为到底减轻了一个负担；不过他们还有两个呢，一个是怀抱的，一个是将近六岁的小姑娘。说句老实话，眼看孩子受苦，而且还是亲生的，一点办法没有，真没有什么意思！父亲穿着沾满油渍的旧燕尾服，坐在一张破烂不堪的椅子上。他的眼泪流下来，是的，也许，这不是由于悲伤，而是因为习惯，眼睛在作痛。他是一个怪人！每当你同他谈话时，他总是红脸，害臊，不知道该回答什么好。小姑娘，就是那个女孩，靠着棺材站着，她是那样的安静，沉思，可怜的孩子！可是我不喜欢孩子沉思,瓦莲卡,宝贝;看着叫人不痛快!一个用破布做的娃娃,丢在她身边的地板上,她没有玩;嘴里噙着一根手指头;只是站着一动不动。女房东给她一块糖,她接过来却不吃。惨啊,瓦莲卡——对吗?

马卡尔·捷乌式金
6月22日

亲爱的马卡尔·阿列克塞维奇:

书给您寄回去。这真是一本下流书!拿它都怕脏手。您从哪里搜罗来的这个宝贝?说正经的,未必您会喜欢这种书,马卡尔·阿列克塞维奇?有人答应最近给我找几本书来读。如果您愿意,将来可以给您看看。可是现在,再见。实在没有时间多写了。

瓦·朵
6月25日

亲爱的瓦莲卡:

问题在于,我确实没有读过这本书,宝贝。当然,我读了一点,也看出里面的荒唐,不过这纯粹是为了逗乐,是为了人们发笑才写的;所以,我想,这个,大概,就是逗逗乐的;说不定瓦莲卡也会喜欢;于是就拿来寄给您。

前两天,拉达价耶夫答应给我找一本真正的文学作品看,这样,您也就有书读了,宝贝。拉达价耶夫懂得,他是个内行;他自己也写书,哦,写得好极了!文笔活泼,风格高尚,字字珠玉。比方说,就连在最空泛、最平常、最粗俗的字里,虽然有时我对法尔东尼和铁列莎也说过这些字,他也有风格。我常参加他举办的晚会。我们抽着烟,他给我们读书,一读就是五个钟头,可我们还是出神地听着。真是一桌美肴,而不是文学!太美了,是花,是真正的花;每一页都可以束成一束花!他是一个和蔼可亲的、心地善良的人。是的,在他面前我算什么呢?一无所长。他是个知名人士,可我呢？简直什么都不是；可是他对我也很客气。我给他抄写一点东西。不过您不要以为，瓦莲卡，这里有什么不正当行为，似乎他正是为此，为我替他抄写，才对我客气的。您不要听信谣言，宝贝，不要相信那些可耻的谎话；不，为了使他满意，我打心眼里愿意这么做，至于他对我的客气，那也是他为了叫我满意才做的。我懂得什么是客气，宝贝。他是个好人，一个很好的人，一个没有比他再好的作家。

　　文学是好东西，瓦莲卡，很好的东西；这是前天我在他们那里学来的。深奥莫测！它能鼓励并教诲人的心，而且他们书里还写着各种各样的事。写得好极了！文学——这是图画，也就是说，有几分像图画或像镜子；它是激情的表露，是委婉的批评，是有益的教诲，是文献。这全是我从他们那儿学来的。我坦白告诉您，宝贝，你只要坐到他们中间，听他们谈话（也许你也像他们一样在抽烟）——只要他们一开始辩论各种问题，你就立刻低头服输了，在这里，宝贝，我们和你只有低头服输，别无他法。在这里，我简直是个大笨蛋，自己都为自己害臊，于是，整整一个晚上，你在思考着，怎样加入大家的谈话，即使半句也好，可是，仿佛上帝故意安排好似的，连这半句话也找不到！我可怜自己，瓦莲卡，觉得自己什么都不行；像谚语里说的——只长个儿不长心。您知道现在我在空闲时间做什么吗？我像个傻瓜似的睡大觉。要不，少睡一点觉，是可以从事一番事业的：坐下来写点东西。对自己，对别人都有益。不过，宝贝，您是怎么看的，他们拿那么多钱？上帝饶恕！就拿拉达价耶夫来说吧，钱拿得真多！写一页有多少呢？而有时，一天他能写五页，据他说，写一页要拿三百个卢布。至于什么笑话，或是有趣的文章，五百卢布，爱给不给，即使耍些花招，也还得给！要不下次就得一千卢布！怎么样，瓦尔瓦拉·阿列克塞耶芙娜？就是这样！他有一本诗稿，都是短诗——七千卢布，宝贝，他要七千卢布，您想想看。这简直是一份不动产，一个大企业；据他说，有人给他五千卢布，可是他不答应。我劝他说：收下吧，老兄，他们给你的是五千卢布，而且说到就能做到。要知道是五千卢布啊！不，他说，会给七千卢布的，这些骗子。他简直机灵透了！

怎么样，宝贝，既是谈写文章，那就让我来从《意大利的激情》中抄一小段给您，这是他的作品的名称。您读一读，瓦莲卡，自己评判一下。

……伏拉基米尔颤抖了一下，心里万分激动，血液沸腾了……

"伯爵夫人，"他叫道，"伯爵夫人！您明白吗，这种激情是多么可怕，这种爱是多么深远！不，我的幻想没有欺骗我！我爱您，我热烈地、发狂地、失去理智地爱您！你的丈夫的血不能扑灭我心头的沸腾的、疯狂的喜悦！毫无意义的障碍，挡不住那折磨着我的疲惫的胸膛的、熊熊的毒火。哦，吉娜依达，吉娜依达……"

"伏拉基米尔……"伯爵夫人激动地低声说,倒在他的肩上……

"吉娜依达!"斯梅尔斯基兴奋地叫道。

他深深地出了一口气。烈火在爱的祭坛上熊熊燃烧着,烧焦了不幸的受难者的两颗心。

"伏拉基米尔!……"伯爵夫人心醉地低声说。她的胸部凸起,她的两颊绯红,眼睛闪光……

一次新的,可怕的结合完成了!

过了半个小时,老伯爵走进夫人的客厅。

"心肝儿,吩咐过预备茶饮招待尊贵的客人了吗?"他说,轻轻地弹了一下妻子的脸蛋儿。

您看,我要问您,宝贝,读了这些之后——喂,您是怎样看呢?确实,有点放肆,这点无须争辩,不过很好。好的终究是好的!等等,让我再从《叶尔马克和尤烈加》中篇里抄一段给您。

您想象一下，宝贝，野蛮的、残暴的西伯利亚征服者，哥萨克叶尔马克，爱上了俘虏尤烈加，西伯利亚王库秋木的女儿。这件事发生在伊万·雷帝时代，这您知道。下面就是叶尔马克和尤烈加的对话：

"你爱我，尤烈加！哦，再说一遍，再说一遍……"

"我爱你，叶尔马克。"尤烈加低声说。

"皇天后土呵，谢谢您！我幸福了！……您给了我一切，一切，那是我激动的心灵从少年时代就渴望的东西。瞧，你把我引到了什么地方，我的指路明星；瞧，就是为了它，你把我引到乌拉尔山这边来的！我要拿我的尤烈加给全世界人看，狂暴的人们就不敢责难我了！哦，假使他们能明白，她那温柔的内心的隐痛，假使他们能在我的尤烈加的一颗泪珠中看到一整篇长诗，就不会这般不近情理了！哦，让我用亲吻来拭去这颗泪珠儿吧,让我喝了它,这神圣的泪珠儿……这不是尘世的东西!"

"叶尔马克,"尤烈加说,"人世是残酷的,人类是不公正的!他们会迫害我们,会指责我们,我亲爱的叶尔马克!一个在西伯利亚的故乡的冰雪中,在父亲的帐篷里长大的、可怜的姑娘,能在你们的冷酷无情、骄傲自尊的世界里做些什么呢?人们不会了解我,我的亲爱的,我的心爱的!"

"那就让哥萨克的马刀在他们头上飞舞呼啸吧!"叶尔马克叫道,粗野地瞪着两眼。

这时叶尔马克怎么样呢,瓦莲卡,当他知道,他的尤烈加被杀死了。瞎眼的老人,库秋木利用黑夜,叶尔马克不在家的时间,偷偷钻进他的帐篷,杀死了自己的女儿,希望借此给叶尔马克一个致命的打击,因为他,使他失去了王位和皇冠。

"我要听铁石的摩擦声!"叶尔马克疯狂地叫着,在萨满石上磨着宝剑。"我要让他们流血,流血!我要把他们杀掉,杀掉,杀掉!!!"

这之后,叶尔马克因为失去尤烈加,不能再活下去了,于是就投入伊尔太什河自尽了,故事也就完了。

哦,譬如,有这么一小段,是一种逗乐的叙事体裁,专门为逗笑写的:

> 您知道伊万·蒲洛克夫叶维奇·日尔陶卜日吗?他就是那个咬了蒲洛克夫·伊万诺维奇的腿的人。伊万·蒲洛克夫叶维奇是个烈性子的人,可是品德非常好;恰恰相反,蒲洛克夫·伊万诺维奇很喜欢吃蜜饯萝卜。记得还在别拉吉亚·安东诺夫娜同他相识的时候……您知道别拉吉亚·安东诺夫娜吗?她就是那个常常反穿裙子的人。

很可笑,对吧,瓦莲卡,可笑极了!在他读给我们听的时候,我们笑得前仰后合。他这个家伙,上帝饶恕他!不过,宝贝,这虽有点好玩,而且过分顽皮,可是无伤大雅,一点自由主义色彩、反叛思想都没有。应该指出,宝贝,拉达价耶夫的品行端正,因此是个很好的作家,不和其他作家一样。

确实,有时脑子里会突然产生一个念头,假如我写出一本书来,那时会怎样呢?譬如,假定,突然,无缘无故地出了一本书,以《马卡尔·捷乌式金诗集》命名!瞧,那时您会说什么呢,我的小天使?您会怎么想,怎么看呢?可是,我要说自己,宝贝,假使我有书问世,那我就绝不敢在涅夫斯基街露面了。要知道这会是什么样子,每个人都会说,瞧,作家兼诗人的捷乌式金过来了,瞧,这就是捷乌式金!瞧,那时,譬如,我该怎样对付我的靴子呢?我的两只靴子,顺便告诉你,宝贝,几乎永远是打补丁的,而且靴底,老实说,有时简直不成样子。瞧,那时会怎样呢?当大家都知道,作家捷乌式金有一双补过的靴子!假使被一位伯爵或公爵夫人知道了,哦,她这个美人儿,会说什么呢?也许,她不会留意到;因为,照我的想法,伯爵夫人是不注意靴子的，特别是职员们的靴子（因为靴子同靴子是不同的），可是有人会对她说，我的朋友会出卖我。瞧，拉达价耶夫就可能是第一个；他常去Ｂ伯爵夫人那里；据他说，每次他都在她那里，他可以随便进出。据他说，她非常漂亮，有文学修养，据他说，是那么一位夫人。拉达价耶夫这个家伙真有本事！

不过，不谈这些了；我的小天使，要知道，我写这些都是为逗乐，替您解闷的。再见，我的爱！我给您写了这么多，这主要是因为，我今天特别高兴。今天我们大家一起在拉达价耶夫那里进午餐，而且（他们真顽皮，宝贝）还用了罗马涅酒[1]……可是，干吗我要给您写这些呢！然而，您千万不要以为我又怎么啦，瓦莲卡。我总是这个样子。给您寄书去，一定寄……这里正在传阅波金卡的一本集子，不过，宝贝，波金卡的您不能读，

---

1 罗马涅酒：旧时从法国进口的一种高级红酒。

绝对不能读！它不适合您读。据说，宝贝，它激怒了彼得堡所有卫道的评论家。给您带去一包糖，是专门为您买的。听着，心肝儿，每吃一块糖，就想想我。不过，吃冰糖时可别咬，噙着就行了，要不会坏牙齿。您也许喜欢吃果脯？来信告诉我。好吧，再见啦，再见。基督保佑，我的爱。

您的永久的忠实朋友

马卡尔·捷乌式金

6月26日

马卡尔·阿列克塞维奇先生：

菲朵拉说，假如我愿意，有人乐意帮我的忙，给我谋一个家庭教师的好位置。您看怎么样呢，我的朋友——去还是不去？当然，那样我就不再是您的累赘了，而且，看来，这个位置还有利可图；但是，从另一方面来看，到一个陌生人家里，又觉得可怕。这家人似乎是地主。他们会来打听我，询问我，寻根究底的——那时我说什么好呢？况且我又是这样一个孤僻的野人;我喜欢永远住在习惯了的地方。住惯的地方似乎总要好些;虽然那是一半在痛苦中生活,可是总觉得好些。况且还要出远门;天晓得,会是什么差事啊,也许,就是要你照看孩子。而且还是这么一种人:两年中换了三个家庭教师。给我拿个主意吧,马卡尔·阿列克塞维奇,看上帝面上,去还是不去?您怎么总不上我的门呢?即使偶尔露露脸也好。要不,几乎只能在礼拜天做弥撒时才相会了。您真是一个孤僻的人!像我一样!不是吗?我就像你的亲生女。不要爱我吧,马卡尔·阿列克塞维奇,可是有时我一个人难过极了。特别是黄昏,独自一个人坐着的时候。菲朵拉出门了。你坐着,想呀想的,想起了一切往事,有快乐的,有忧伤的,一切都展现在你的眼前,一切都仿佛从雾中模糊地显现出来。一张张熟悉的面孔出现了(我仿佛真的看到了)——我最常看到的是妈妈……我都在做些什么梦啊!我觉得,我的身体垮了;我虚弱得很;就拿今天来说,早上起床的时候，我觉得非常不舒服；而且，咳嗽得特别剧烈！我觉得，我知道，我很快就会死去。可是谁会埋葬我呢？谁会给我送葬呢？谁会可怜我呢？……也许，我不得不死在一个陌生的地方，一个生人的家里，一间陌生的房间！……我的天啊，生活是多么悲惨，马卡尔·阿列克塞维奇！干吗您总是给我买糖呢，我的朋友？说实在的，我不知道您从哪里弄来的钱？哦，我的朋友，别破费钱，看上帝面上，别破费。菲朵拉卖了我绣的毯子，拿到五十个纸卢布。这太好了：我以为卖不到这么多钱的。我给了菲朵拉三个银卢布，还准备给自己缝一件既普通而又暖和的连衣裙。给您做件背心，我自己做，要挑选一块好料子。

菲朵拉给我弄到一本书——《白尔金的故事》，如果您愿意读，就寄给您。不过，请不要弄脏，不要放得时间太长，书是别人的；这是普希金的作品。两年前我和妈妈一起读过这些故事，现在重新读，心里很难过。如果您有什么书，就请寄给我吧，不过，不要您从拉达价耶夫那里弄来的。他一定会把自己的好作品送给您，如果他出了什么书的话。您喜欢他的作品吗，马卡尔·阿列克塞维奇？那么无聊……好吧，再见！看我啰唆了这么多！每当我伤心的时候，不管是什么事，我都爱唠叨。这是药：心里一下子就轻松了，特别是当您把心里的一切都吐露出来的时候。再见，再见！我的朋友！

您的瓦·朵

6月27日

宝贝，瓦尔瓦拉·阿列克塞耶芙娜：

不要再悲伤了！您怎么不害臊！够啦，我的小天使；您怎么会有这些念头呢？您没有病，心肝儿，一点病也没有；您很健康，是的，很健康；稍微有点苍白，可是仍然是健康的。您胡思乱想些什么啊！真不害臊，我亲爱的，够啦；您不必在意那些梦，不必在意。为什么我就睡得很好呢？为什么我就不做梦呢？您瞧瞧我，宝贝。我自个儿过活，睡得安稳，身子也蛮壮实，像小伙子一样，您瞧吧！够啦，够啦，心肝儿，真不害臊。您一定要改改。我非常了解您的脑瓜儿，宝贝，只要有一点事，您就愁个没完。为了我，您别再这样吧，心肝儿。离家谋生？不行，不，不，不行！而且您怎么想起这些主意来的？况且要出远门！不，宝贝，我不答应，我要使出全部招数来反对您的这种企图。即使叫我卖掉旧燕尾服，穿上一件衬衣在街上走，我都不能让您吃穿困难。不，瓦莲卡，不行；我了解您！这是胡思乱想，纯粹的胡思乱想！要不，这就是菲朵拉一人的错：她简直是个蠢婆娘，尽给您出坏主意。您千万不能信她，宝贝。您也许还不十分清楚社会上的一切，心肝儿？……她是个絮絮叨叨的蠢婆娘；她把自己的丈夫都气死了。或许她气了您？不，不，宝贝，绝对不能这样！否则我该怎么办呢，我还有什么事情好做呢？不，瓦莲卡，心肝儿，打消这种念头吧。在我们这儿，您有什么不满足的呢？我们非常爱您，您也爱我们。所以您就安安静静地在这里生活吧；做做针线或是看看书，或者，干脆别做针线，反正一样，只要同我们一起生活就行。要不，您说说。那会像什么样子呢？……我一定给您弄几本书来读，而且，以后，我们再到什么地方去散步。不过您，宝贝，好好想想，不要再为这些小事胡闹了！我去看您，尽快去看您，不过，为这您得听听我的这一坦白的供认：不好，心肝儿，很不好！我当然是个没有文化的人，自己也知道没有文化，穷得只能勉强受点教育，可是我不是说的这个，问题不在于我，而是我要为拉达价耶夫辩护，随您便吧。他是我的朋友，因此我要为他辩护。他写得不错，他写得非常、非常、非常之好。我不同意您的看法，决不能同意。他写得有文采，有波澜，有人物，有各种各样的思想；很好！您也许没有带着感情读，瓦莲卡，或许在您读书的时候，情绪不佳，生了菲朵拉的气，或许您遇到了什么不痛快的事。不，您带着感情读一读，就会觉得好得多，特别是在您满意、快乐、情绪好的时候，比方，在您嘴里嚼着糖的时候——您去读一读。我不反对（有谁反对这一点呢），有比拉达价耶夫好的作家，甚至于要好得多的作家，可是他们好，拉达价耶夫也好；他们写得好，他写得也好。特别是，他写东西是自己看的，这他就对头了。好啦，再见，宝贝；不再写了；需要赶快结束，有事情。当心，宝贝，百看不厌的好人儿，祝您平安，上帝保佑您。

>   您的忠实的朋友
>   马卡尔·捷乌式金
>   6月28日

附：谢谢您送来的书，我的亲爱的，我一定把普希金这本书读完；今天晚上去看您。

我的亲爱的马卡尔·阿列克塞维奇：

不，我的朋友，不，我不能在你们中间生活

了。我考虑过，觉得拒绝这样一个好位置，实在是愚蠢的。至少在那里我可以有一只可靠的饭碗；我会努力干活儿，博得他人的厚遇，如果必要，甚至可以努力改变自己的性格。当然，生活在陌生人中间，寻求他们的恩宠，不显露和勉强自己，这是什么滋味！但我总不能一辈子当个孤家寡人。过去我也曾遇到过这种情形。记得，那还是在我儿时上学的时候。有时，整整一个礼拜天都在家里蹦蹦跳跳的，有时还得挨妈妈骂，可是这都没有关系，心情舒畅，快乐。黄昏一到，就开始发愁，九点钟要回校，然而那里的一切都是陌生的，冷酷的，严峻的；老师每逢星期一都非常爱生气，有时，心里难过极了，真想哭；躲到墙角独自一个人流泪，怕别人看见，要不，他们会说，懒姑娘；可是我却绝不是为念书而哭。哦，那又怎样呢？我习惯了，而且后来，当我离开学校和朋友们告别时，我还哭了。我靠你们俩来养活我是不妥当的。这个念头——对我是折磨。我坦率地把这一切告诉您，是因为我对您坦白惯了。难道我没有看见,菲朵拉天天一大早就起床洗衣裳,直忙到深夜?可是那副老骨头是喜欢歇歇的。难道我没有看见,您在为我沦为乞丐,把最后的一文钱花在我的身上?这是不合您身份的,我的朋友!您来信说,您可以卖掉最后一件东西,不让我感到生活困难。我相信,朋友,我相信您的好心,可是此刻您可以这么说。您现在有一笔意外的款子,您得到了奖金;可是以后怎么办呢?您自己明白,我总是在病;我不能像您一样工作,虽然心里愿意工作,何况工作还不是经常有。那时我该怎么办呢?看到你们俩的热心,我真难过。我能对你们有什么用处呢,即使微不足道的一点儿?而且您干吗需要我,我的朋友?我为你们做了什么好事吗?我只不过是在用整个心爱你们,热烈地、一心一意地爱着你们,可是——我的命是苦的!我会爱而且能够爱,然而,就是不能创造幸福,对于您的恩惠,我是无法报答的。不要再阻挡我吧,您再想想,并且告诉我您最后的意见。等待您的回信。

爱您的瓦·朵

7月1日

胡闹,胡闹,瓦莲卡,简直是胡闹!要是任您的性,什么古怪离奇的念头,您的脑子也会想出来。这不对那不对的!可是此刻我认为,这一切都是胡闹。是的,您在我们这儿有什么不满足的呢,宝贝,您说说看!大家爱您,您爱大家,我们都满意而且幸福,您还需要什么呢?真的!您在陌生人那里能做什么呢?也许,您还不知道,陌生人是什么吧?……不,您该问问我,我会告诉您,什么叫陌生人。我清楚,宝贝,非常清楚;我吃过他们的面包。那是凶狠的,瓦莲卡,残酷的,残酷到使您的心都会破碎,他们用申斥、责备和难堪的眼色来折磨您的心。您在我们这里温暖,舒适,好像躲在窝里一般。而且您抛开我们是愚蠢的。哦,没有您,我们将做什么呢;我,一个老头子,还有什么事好做？我们不需要您？您没有用处？怎么没有用处？不，宝贝，您自己评判一下，您怎么没有用处？您对我非常有用，瓦莲卡。您能给我有益的影响……比方现在，我想到您，心里就快乐……有时我给您写信，里面记下我的全部感觉，而且也从您那里得到详尽的答复。给您买衣服，做顶帽子；有时您委托我办一件事，我就去办……不，您怎么没有用？否则要我这个老头子干什么，我还有什么用？您也许没有想到这一层，瓦莲卡；不，您应该想到这一层，比方说，没有我，他还有什么用处呢？我对您习惯了，我的亲爱的。要不，这会怎么样呢？到涅瓦河去自尽。是的，真会这样做，瓦莲卡；没有您，我活着还有什么意思！哦，我的心肝儿，瓦莲卡；您大概是想让一辆破柩车，也把我运到沃尔科夫去；想让一个老乞婆，也来伴送我的灵柩；想让别人也用沙土来埋掉我，然后走开，把我一个人留在那里吧？罪过，罪过，宝贝！真是罪过，简直是罪过！送还您的书，我的朋友，瓦莲卡,如果您要问我对这本书的意见,我的朋友,那么我告诉您,我还从来没有读过这样精彩的书。此刻我问自己,宝贝,为什么我会这样糊涂地一直活到现在?上帝饶恕我,我做什么去了?我是从哪个深山老林里钻出来的?要知道,我什么事情都不懂,宝贝,根本不懂!完全不懂!瓦莲卡,我顺便告诉您,我是个没有文化的人;在这之前,我不大读书,很少读书,几乎根本不读书:我读过《一个青年艺术家的肖像》,一本好书;读过《演奏铃铛的少年》和《伊丽柯夫的鹤》———就读过这几本,此外就没有读过什么书了。现在,我读了您的书里的《驿站长》;是的,我要告诉您,宝贝,常常有这种事,你活着,可你不知道,就在你的身边有一本书,在那里,你的整个生活得到了仔细地解剖。为什么自己从前就没有想到呢?现在,当你读到这本书的时候,自己才渐渐地回忆起,思想起过去的一切。此外,我喜欢您的书还因为:别的作品,不管它有多好,在你读的时候,费尽力气,却总是深奥莫测,一无所知。比方我,我是个迟钝的人,生来就迟钝,所以,我不能读过分重要的作品;可是读这本书,仿佛是我自己写的,比如说,这好像我自己的心,不论它是什么样子,抓住它,从里到外地翻出来给大家看,而且把一切详详细细地描写出来——就是这样!其实也不过就是这样,我的天;那有什么;说实在的,我也能写;为什么不写呢?要知道我也有同样的感觉,而且和书里说的一模一样,有时我自己也处于同样的情况,比方说,像这位可怜的沙木桑·维林一样。我们中间有多少如同沙木桑·维林一样的倒霉的可怜虫啊!写得太妙了!宝贝,当我读到他,这个罪孽的人变成了酒鬼,失去了理性,变得忧伤痛苦,整天盖着羊皮袄睡觉,吞咽着苦酒,哀怨地哭泣着,用肮脏的衣裾揉搓着眼睛,怀念着那迷途的羔羊——冬妮亚女儿的时候,我几乎掉下眼泪来!不,这是真实的!您读一读;这是真实的!这是生活!我自己见过,这一切就发生在我的周围;就拿铁列莎说吧,何必到远处找!就拿我们这儿的那个可怜的小职员来说,可能他也和沙木桑·维林一样,只不过他有另外一个名字,高尔斯科夫。这是一种具有普遍意义的事情,宝贝,您我都可能遇到。就是住在尼夫斯基街或是住在沿河大街的伯爵,也同样会遇到,只是表现为另一个样子:因为他们有自己的生活方式,架子大一些,然而他也同样会遇到,什么事情都可能遇到,连我自己也可能遇到。事情就是这样,宝贝,可是您还要离开我们;要知道,瓦莲卡,我也许会遭到不幸。您可能把我和您一起毁掉,我的亲爱的。哦,我的好人儿,看上帝面上,丢掉这些放肆的念头吧,别平白无故地折磨我。哦,我的羽毛尚未丰满的小鸟,您怎么能自食其力呢,怎么能保护自己不遭恶人陷害呢!够了,瓦莲卡,别胡思乱想了;不要听那些胡言乱语,再读一遍您的书,用心读:这会对您有用处的。

我对拉达价耶夫谈到《驿站长》。他对我说,这些书都是老书，现在出的书都带图画和各种说明；我真不明白他说的是什么。最后他说，普希金了不起，他为神圣的俄罗斯增光，而且还对我说了许多有关普希金的话。是的，非常好，瓦莲卡，非常好；请您留心再读一遍这本书，听从我的劝告吧，这会叫我，一个老头子感到幸福的。愿上帝奖赏您，我的亲爱的，一定会奖赏您的。

> 您的忠实的朋友
> 马卡尔·捷乌式金
> 7月1日

马卡尔·阿列克塞维奇先生：

菲朵拉今天给我带来了十五个银卢布。我给了她三个卢布，可怜的人，她高兴极了！现在，我匆忙地写信给您。我正在给您裁背心，多么好的料子啊——黄色带花。给您寄去一本书；里面有各种故事；我读了几篇；您可以读其中的一篇，名叫《外套》的。您劝我同您一起到剧院去；这不是要花很多钱吗？要不，就在楼上随便找个位置。我已经很久没到过剧院了，而且，说实在的，我已经记不得是在什么时候去过。不过我还是担心，这种娱乐是不是太高贵了？菲朵拉总是摇头。她说，您现在生活很困难；我也看出这一点；您为我真是花了许多钱！当心，我的朋友，不要弄糟了。菲朵拉本来已经对我说了一些闲话，似乎为交不起房租，您曾经和女房东吵过架；我非常替您担心。好吧，再见；我很忙。有点小事；我正在换帽子上的绦带。

瓦·朵
7月6日

附：您知道吗，要是我们上剧院，我就戴上我的这顶新帽子，披上黑披肩。这样可好？

瓦尔瓦拉·阿列克塞耶芙娜女士：

……瞧，我还在说昨天的事。是的，宝贝，

有一个时候我也曾胡闹过。爱上了一个女伶,简直爱得发狂,这倒没有关系;最奇怪的是,我几乎从来就不曾见过她,而且我只去过剧院一次,可还是爱上了。那时我同五个好起哄的年轻人墙靠墙地住着。我同他们接近起来,不自觉地接近起来,虽然还保持适当的界线。但为了不落在后面,我在各个方面都随声附和他们。他们对我谈了许多有关这位女伶的事!每天黄昏,剧院一开演,这一伙人——他们从来不把一文钱用在正当地方——这一伙人就上剧院楼座上了,然后就不停地鼓掌,向这位女伶叫好,简直像鬼附了体!随后就是不让你睡觉;彻夜地评论着这个女人,大家都叫她自己的格拉莎,都对她发生了爱,心上都只有这个金丝雀。他们也激励了我这个无法自卫的人;那时我还年轻。自己也不明白,当时我是怎样同他们一起到剧院四层楼上的。我只能看到幕布的边缘,但演员的对话却听得很清楚。确实,这个女伶有一副很好的嗓子,响亮,悦耳,像夜莺叫似的!我们拼命地鼓掌叫好。总而言之，差一点被赶出来，而且有一个确实被赶出来了。我走回家，好像在迷雾中行走一般！口袋里只剩下一个卢布，到发薪还有整整十天。您想怎么样呢，宝贝？第二天上班之前，我又拐到一个法国香料商人那里，用所有的钱买了一瓶香水和一块香皂——自己也不知道，为什么我要买这些东西。而且没有在家吃午饭，就到她的窗前转悠开了。她住在涅夫斯基街四层楼上。我走回家，歇了一会儿，然后又到涅夫斯基街去了，唯一的目的，是要经过她的窗口。一个半月的时间，我就这样走来走去，追逐着她；有时，我雇一辆漂亮的马车，过了她的窗口就停下来：我简直忙得精疲力竭，而且还负了债，后来就不爱她了：厌烦透了！瞧，一个女伶竟能把一个常人变成如此模样！不过，那时我还很年轻，年轻得很！……

马卡尔·捷乌式金

7月7日

我的瓦尔瓦拉·阿列克塞耶芙娜女士：

您本月六号寄来的书，现在还您，同时，在这封信里，我要马上对您说明白。您发昏了，宝贝，您怎么把我弄到这样窘困的地步。对不起，宝贝，人的各种社会地位是由至高无上的神来决定的。谁该带将军的带穗肩章，谁该当九品文官，谁该发号施令，谁该唯命是从。这些都是按人的能力分派的；这人能干这件事，那人能干那件事，而人的能力是由上帝赐给的。我服务了已经快三十年；工作上无可指责，品行端正，从未有不轨行为。作为一个公民，凭我个人的感觉来看，我是有缺点的，但是也有优点。上司尊重我，大人满意我；虽然直到此刻，他们对我还没有表示特殊的赏识，可是我知道，他们满意我。我活到头发都灰白了；可是还不知道自己犯过什么大错。当然，谁没有一点小错儿呢？每个人都有，您也有，宝贝！但是我从来没有犯过严重的过失，比如说，反抗命令或是破坏治安什么的，我从来没有过，没有；甚至还得过十字章——瞧，就是这样！凭良心说，您本来应该知道这一切的，宝贝，他也应该知道；因为既然他要写书，那他就应该知道这一切。不，我没有料想到您会这样，宝贝；不，瓦莲卡！我真没有料想到您会这样。

怎么！这样说，此后自己就不能在自己的窝里——尽管它是那么寒酸——安静地生活了？平平静静地生活，照俗语说，就是"各人自扫门前雪，不管他家瓦上霜"。从而使旁人别触犯你，别钻进你的窝，偷看你，说你家里如何如何，剩不剩钱？比方，你有没有漂亮的背心？穿不穿内衣？有没有靴子？钉的什么掌？吃什么？喝什么？写什么？……而且这又有什么关系呢！宝贝，就拿我来说，有时在坏马路上，我是用脚尖着地的，为的保护靴子！干吗要写人家有时缺钱花，没有茶喝！好像是人都应该喝茶！比方说，难道我看过别人嘴里嚼些什么吗？我用这种方法侮辱过谁吗？不，宝贝，为什么要侮辱别人，人家没有触犯你！好吧，举个例子给您听,瓦尔瓦拉·阿列克塞耶芙娜,这是什么意思:你勤奋地、专心致志地服务又服务,怎么样呢!上司尊重你(不管怎么说,总还是尊重的),可是,忽然,一个就在你鼻子跟前的人,毫无理由地、无缘无故地中伤起你来。当然,说实在的,有时你给自己缝了一件新东西,高兴得睡不着觉,你高兴有双新靴子了,譬如,你带着极大的快乐穿上它——这是真实的,我感觉到了,因为看到自己的脚上穿一双俊俏的靴子,是非常惬意的,这点写得真实!可是我仍然十分诧异,费多尔·费多洛维奇怎么能粗心到这种程度,竟放过这本书,而不为自己辩护。确实,他还是一位年轻的大臣,有时喜欢叫喊;可是为什么却没有叫喊呢?为什么没有申斥呢,如果需要申斥我辈的话。是的,假如这么说,譬如,是为了装腔作势而申斥,这也是允许的;应该教训教训;应该吓唬吓唬;因为——让它在我们中间存在下去吧,瓦莲卡,没有吓唬,我辈是什么事情也做不出来的。每个人都想挂个名，说，我在某处某处当差，可是，对工作却袖手旁观。而且因为有各种官衔，每一种官衔又要求同他官衔完全相称的申斥，所以自然而然地就产生了各种不同的申斥腔调，这是合乎逻辑的！而且要知道，世界就是建筑在这上面，宝贝，我们大家是一个人命令另一个人，一个人申斥另一个人。没有这种预防性的措施，世界就不能存在，秩序也就不能建立。我真奇怪，费多拉·费多洛维奇居然能忍受这种侮辱。

为什么要写这些东西呢？谁需要它？难道某个读者会因此而给我缝件大衣，买双新靴子？不，瓦莲卡，读完之后他们又会要求你再写下去。有时，你躲藏起来，害怕露面，害怕有人抓你的辫子——随便躲在哪里都行，因为你生怕闲话，因为世上任何事情，都可以从中给你编造出谣言，于是，你的全部生活，公开的或私下的，通过文学被张扬开来，样样事情都被打印成书，被人家诵读，被人家嘲笑，被人家议论！于是你连门都不敢出了；因为一切都被人家刻画出来了，现在只凭步态，人家就能认出我辈来。不过，顶好是在临了时改过来，弄缓和一点，处理得好一点，比方，即使避开这一点不说：人们在他的头上抛纸屑；他终究是个有道德的人，一个好公民，他不应该受到同事们的冷遇，他服从上司（那里有许多这种例了），对任何人没有恶意，他信神，而且（如果神一定要他死的话）——在大家的哀悼下死去。可是顶好是不叫他这个可怜的人死去，而把事情变成这样，他的大衣找到了，将军非常详尽地知道了他的美德，把他调到自己的局子里，给他升级，给他加薪，这样，您瞧，事情会怎样：罪恶受到惩罚，善行得到传颂，局里的同事还照样留下来。譬如，要是我，就会这么办；否则，他这本书里有什么特殊东西呢，有什么有益的东西呢？不过是日常下流生活中的一个毫无意义的例子。对了，您怎么想起给我寄这么一本书的，我的亲爱的？要知道这是一本居心不良的书，瓦莲卡；这纯粹是瞎话，因为这样的职员是不可能有的。所以看到这本书,应该表示愤慨,瓦莲卡,表示最大的愤慨。

> 您的最忠实的仆人
> 马卡尔·捷乌式金
> 7月8日

马卡尔·阿列克塞维奇先生:

最近的事和您的信吓坏了我,使我震惊而且不解,可是菲朵拉的谈话让我明白了一切。为什么要那么绝望而且忽然堕落得那样深呢,马卡尔·阿列克塞维奇?您的解释一点也不能叫我满意。瞧,我是对的吧,应该坚决接受别人给我介绍的那个好位置?况且最近我碰到一件事,真吓坏了我。您说,是您对我的爱叫您隐瞒了我。我还在以前就已经看出,您为我花了很多钱,您说,您在我身上不过是用了一点儿自己的存款,这些存款,照您说,是您放在银号里准备万一的。可是现在,我知道,您根本就没有什么存款,您是偶然间听说我的处境很惨,而为之感动,于是决定预支自己的薪水,来救我的,况且在我生病的时候,您还卖掉了自己的衣服,现在我明白了这一切,我是多么难过啊,我真不知道该怎样来承受这一切,来思考这一切。哦!马卡尔·阿列克塞维奇!您那被同情、被亲情激起的善行,应该做到第一步就停止,而不应该以后再把钱花在不必要的东西上。您辜负了我们的友谊,马卡尔·阿列克塞维奇,因为您对我不坦白,可是现在,我看到了,您把最后一点钱也用在我的装饰上,买糖果上,散步、上剧院和买书上了,然而现在我得为这一切付出更高的代价,悔恨自己那不可饶恕的轻率(因为我接受了您给的一切,而没有想到您本人);那些您曾经用来叫我满意的一切,现在都变成了我的痛苦,都变成了无用的追悔。近来我虽然发觉您在忧愁,而且自己也在烦恼地等待着,可是却没有料到会发生这种事情。您怎么能消沉到这个地步呢,马卡尔·阿列克塞维奇?现在别人会怎么想您呢?现在别人会怎么说您呢？谁了解您？我是一向尊重您的善良、谦虚和明智的，可是现在，忽然染上了这么一种恶习，您从前似乎从来没有这种习惯。我多么难过啊，当菲朵拉告诉我，您是醉醺醺地倒在街上，被警察送回家来的！我惊呆了，虽然我在等待着一桩异乎寻常的事，因为您已经销声匿迹四天了。但是您想到了没有，马卡尔·阿列克塞维奇，您的上司会怎么说呢，当他们知道您不上班的真实原因时。您说，人们都在嘲笑您，他们都知道了我们的关系，您的邻居奚落我。别理这些，马卡尔·阿列克塞维奇，看上帝面上，平静一些吧。还有，您跟那些军官们发生的事，也叫我害怕；关于这件事，我模模糊糊地听到了一点儿。给我说明白吧，这都是怎么一回事？您来信说，不敢告诉我，害怕因为您的坦白而失掉我的友谊，说您曾处在绝望中，不知道在我的病中用什么来帮助我，说您卖掉了一切，为了供养我，不让我到医院，说您借了许多债，而且每天还和女房东吵嘴。可是，在您把这一切向我隐瞒的同时,您却选择了一条更坏的路。现在我完全知道啦。您不愿意叫我难堪,因为我是使您不幸的原因,可是现在,您的行为加倍地给我带来了痛苦。这一切使我震惊,马卡尔·阿列克塞维奇。哦,我的朋友!不幸是一种传染病。不幸的和贫穷的人应该彼此回避,免得继续传染。我给您带来了不幸,这些是您从前在您的孤独的、简陋的生活里从未体验过的。这一切在痛苦地折磨着我。

现在把一切都坦白地告诉我吧,您究竟碰到了什么事?为什么决定这样干?安慰我吧,如果可能的话,此刻并不是自尊心要求我去求得安慰,而是我对您的友情和爱,它们是永远不会在我心中磨灭的。再见。焦急地等待着您的回音。您把我设想得太坏了,马卡尔·阿列克塞维奇。

真心爱您的

瓦尔瓦拉·朵布罗塞洛娃

7月27日

我的最亲爱的瓦尔瓦拉·阿列克塞耶芙娜：

好了，现在一切都结束，一切都渐渐恢复常态了，那么我还对您说什么呢？宝贝：您担心别人怎么看我，这点我要马上告诉您，瓦尔瓦拉·阿列克塞耶芙娜，我最看重我的自尊心。因此，在把我的不幸，我的一切愚蠢举动报告您以前，我要告诉您，还没有一个上司知道，而且也不会知道，所以他们仍然会像从前一样尊重我。我只怕一件事：怕造谣。我们的女房东在楼里大喊大叫，可是现在，我从您接济我的十个卢布里，付了一部分给她，所以现在她也只是唠唠叨叨罢了。至于其余的人，那就更没有关系了；只要不向他们借钱；他们也无所谓。而且最后，我要对您说明白，宝贝，我把您对我的尊重，看得比世界上任何东西都重要，而且此刻，就是它，在我这暂时的混乱中安慰了我。谢天谢地，最初的打击和最初的麻烦总算过去了。而且您答应，不会因为我把您留在自己身边，欺骗了您，而把我当成一个背信弃义的朋友和一个自私鬼了。要知道，那是因为我没有勇气和您分别，爱您，爱我的小天使。现在我又热心地开始服务了，专心致志地履行自己的职务。昨天我走过叶沃斯达维·伊万诺维奇身边的时候，他一句话也没有说。不瞒您说，宝贝，我的债务和我的破烂不堪的衣着，真使我十分难堪，但这没有关系，关于这一点，我也求您——别失望，宝贝。再给我寄半个卢布来，瓦莲卡，就是这半个卢布也刺痛了我的心。瞧，现在竟成这样，竟到这般田地！也就是说，现在不是我，不是老浑蛋来帮助您，我的小天使；而是您，我的可怜的孤儿来帮助我！菲朵拉搞得不错，弄到了钱。我暂时没有希望弄到钱了。宝贝。不过一有希望，我就把一切详细地写给您。可是谣言，谣言最使我担心。再见，我的小天使。吻您的小手，祝您恢复健康。要上班了，不再详细写了，因为我想以努力和勤奋来弥补我在工作中的过失；至于和军官们发生的那桩事以及其他事，等晚上再谈。

>真心爱您并尊敬您的
>
>马卡尔·捷乌式金
>
>7月28日

宝贝,瓦莲卡:

哦,瓦莲卡,瓦莲卡!现在就是您的不对了,您的过错了。您的信把我简直弄得莫名其妙,只是此刻,在闲暇的时候,当我深入地探索自己的内心时,我才看出,我没有错,我是对的。我不是说我吵闹的事(别提它啦,宝贝,别提它啦),而是说这件事:我爱您,十分理智地、清醒地爱您。您一点也不明白,宝贝;要是您知道这一切是为了什么,我为什么要爱您,那您就不会这么说了。这些道理,您不过是说说而已,我相信,您心里绝不是这样想的。

我的宝贝,我自己也不知道,而且也不记得,我和军官们发生了什么事。应该对您说,我的小天使,那时我正处于极度的慌乱中。您想想看,已经整整一个月,可以说是穷到无立锥之地了。处境艰难。我躲着您,而且在宿舍里也如此,可是我的女房东却拼命吵闹。这我倒不在乎。让这个下流的娘儿们去闹吧。不过,一来,这是耻辱;二来,不知她怎么打听到我们的关系,于是就在满楼里瞎说八道,真把我气昏了,我把耳朵堵起来。可是问题在于:别人并不把耳朵堵起来,而且,相反,还竖起了耳朵来听。就是现在,宝贝,我还不知道该往哪里躲好……

我的小天使,瞧,就是这些,就是这一切灾难,把我逼得走投无路。忽然,菲朵拉同我谈起一些怪事,说有一个流氓到了您的家,侮辱了您,向您提出了卑鄙的要求;他侮辱了您,狠狠地侮辱了您,这是我的判断,宝贝,因此我也觉得受到了最大的侮辱。于是我狂怒起来,我的小天使,完全失去了理性。我疯狂地跑出去,我的朋友,瓦莲卡,我想去找他,找这个恶棍;我真不知道,我想干什么,因为我不愿意叫人侮辱您,侮辱我的小天使!哦,多么痛苦啊!而这天正好雨雪交加,苦闷极了……我本来想转回去……这时我跌了一跤,宝贝。我碰到了叶美尔,也就是叶美尔·依里奇,他是个职员,或者说,曾经是个职员,可是现在已经不是了,因为他被我们机关开除。他现在干什么,我不知道,好像是在受苦;于是我就跟他一起走了。瞧,瓦莲卡,读到这儿——读到您的朋友的不幸,他的灾难,他所受到的诱惑,您有什么感觉呢,一定不愉快吧,对吗?第三天,黄昏,在叶美尔的怂恿下,我去找那个军官。地址,我从管房子人那里打听到了。宝贝,这里必须说一句,我老早就留心这个小伙子了;当他还住在我们楼里的时候,我就注意过他。现在我看出,我做了不体面的事,因为有人在报告他,说我来找他的一刹那,我表现得很激动。瓦莲卡,说实在的,我什么都记不起了;只记得,他身边有很多军官,也许这是我的错觉——天晓得。我也记不起我说些什么。只知道，我说了很多，非常愤慨。于是，他们就把我赶出来，把我从梯子上扔下来，也就是说，并不是完全的扔，而是推下来的。您已经知道，瓦莲卡，我是怎样回家的；这就是全部经过。当然我贬低了自己，我的自尊心受到了创伤，但是要知道，这件事是没有人知道的，除了您以外，外人都不知道；瞧，在这种情况下，这件事就如同没有发生过一般。也许，事情就是这样了，瓦莲卡，您怎么想呢？不过，有这么一件事我确实知道；去年我们局里的阿克舍金·奥西波维奇，就用这种方法整治过彼得·彼得洛维奇，然而是悄悄地、秘密地干的。他把他叫到门房，这些我都是从门缝里看到的；就在那里，他狠狠地教训了他一顿，但方法比较文明，因为谁也没有看到这件事，除我以外；不过，我不碍事，我是想说，我不会告诉别人。于是，在这之后，彼得·彼得洛维奇就和阿克舍金·奥西波维奇和解了。您知道吗？彼得·彼得洛维奇是一个十分自尊的人，他对什么人都没有说过,所以现在他们彼此也点头握手了。我不强辩,瓦莲卡,我也不敢同您强辩,我跌得很惨,可是最可怕的,是我心甘情愿地服输了,但是,也许,这是我命里注定的,也许,这就是我的命运,而人是逃脱不了命运的安排的,这您清楚。好了,这就是我的不幸和灾难的详细说明,瓦莲卡,瞧,一切就是这样,顶好别读它啦,特别是这个时候。我有点不舒服,我的宝贝,没有一点情绪。因此现在,我的女士,瓦尔瓦拉·阿列克塞耶芙娜,为了证明我对您的爱,对您的尊敬,我将永远做您的顺从的奴仆。

马卡尔·捷乌式金

7月28日

马卡尔·阿列克塞维奇先生:

我读了您的两封信,太突然了!听着,我的朋友,有些东西您也许是避而不谈,只给我写了您的一部分不幸。也许……说实在的,马卡尔·阿列克塞维奇,您的信还带着一些心绪不佳的味道……到我这儿来吧,看上帝面上,今天就来;听着,您知道吗,一下班就到我们这儿来吃午饭。我真不知道您在那边怎么生活,怎么和女房东言归于好的。关于这一点以及其他一切,您一点也不写,好像有意回避似的。好吧。再见,我的朋友;今天一定到我们这儿来;顶好是每天中午到我们这边来吃饭。菲朵拉很会做饭。再见。

您的瓦尔瓦拉·朵布罗塞洛娃

7月29日

亲爱的瓦尔瓦拉·阿列克塞耶芙娜:

亲爱的,您很高兴上帝也给了您一个报答和酬谢我的机会。这我相信,瓦莲卡,而且我相信您那天使般的好心肠,可是我要请求您,而不是责备您,别埋怨我这老头子干出这种蠢事。瞧,罪过既已经犯了,有什么办法——如果您一定要说那是罪过的话。不过,我的亲爱的朋友,责备若是出于您的口，我会十分痛苦的！请不要因为我说这句话，而生我的气；我的心难受极了。穷人气大，这大概是天生的。这我从前就有感觉，而现在感受的愈发深了。穷人是苛求的；他对世界另眼看待，他怀疑每个过路人，他对自己周围的一切都投以惶恐的一瞥，他留心听每句谈话，比如，别人是不是在说他？比如他为什么长得那样丑？他到底有什么感觉？比如，从左边看他是什么样子，从右边看他是什么样子？谁都知道，瓦莲卡，穷人比破布还不如，得不到任何人的尊敬，不管您怎么写！这些拙劣的作家，不管他们怎么写！穷人过去是怎样，将来还是怎样。可是为什么总是老样子呢？是因为，穷人，照他们的观点，就应该与常人不同；他不应该有一点珍贵的东西，更谈不上什么自尊心了！前几天叶美尔说，有人捐给他一张笔据，每用十个戈比，都得经过某种正式的审批。他们以为，他们是无代价地付给他戈比的，不，他们都是为了让穷人在他们面前出丑！现在，宝贝，就连这些慈善事业也变得稀奇古怪了……也许，自古以来就是如此，谁知道呢！或者是他们不懂得怎样做，或者是大骗子——两者必居其一。您也许不知道这些，那么，就让我告诉您吧！旁的我们不说，可是这一点我们清楚！然而，为什么穷人知道这一切，并且总想这一类事情呢？为什么？是的，是根据经验！是因为，譬如，他知道，在他身旁有这样一位先生，那人正往饭馆走去，而且自言自语地说："瞧这个穷职员今天吃什么吧？而我今天吃油饼，他也许喝没有油的稀粥。"我喝没有油的稀粥和他有什么相干呢？有这种人，瓦莲卡，有这种人，他们只想这类事情。他们走来走去，这些不要脸的中伤者，专看别人是用整个脚掌着地呢，或是只用靴尖着地；瞧，某局的某职员——九品文官——的脚指头从靴子里露出来了；瞧，他的袖子磨破了。随后他们便大作起文章来，并且把这些龌龊东西印成书……我的袖子破了，与你有什么相干呢？是的，请您原谅我说话粗鲁，瓦莲卡，可是我要告诉您，关于这一点，大体上说，穷人的羞耻心不亚于你们女孩子。您一定不会在大庭广众之中——请原谅我用这个粗鲁的字眼——脱去衣服；正像一个穷人不喜欢别人偷看他的陋室，查问他的家庭关系一样——事情就是这样。要不，瓦莲卡，让他们伙同我的敌人来侮辱我，来糟蹋一个诚实的人的荣誉和自尊心，那又有什么了不起呢！

今天我坐在办公室里，真像一头小熊，一只拔了毛的麻雀，自己都为自己害臊。我惭愧极了，瓦莲卡！是的，当精光的胳膊从袖子里裸露出来，纽扣在线上来回晃动的时候，胆怯是理所当然的。而我的衣冠，仿佛故意似的，这时显得特别不整齐！心不由自主地沮丧起来。真糟糕！今天斯捷潘·卡尔洛维奇同我谈工作上的事，谈着谈着，仿佛无意中说了一句："您呀，马卡尔·阿列克塞维奇老兄！"——他没有说完想说的话，可是我已经猜到了一切，而且脸红了，甚至红到脑门顶。这本来没有什么关系，可总有点叫人恼火，心烦。他们没有听到什么吧？上帝保佑，可是他们怎么打听到的呢？老实说，我怀疑，非常怀疑一个人。要知道，这些恶棍是什么都干得出来的！他们会泄漏出去！会无代价地把你的全部私生活泄漏出去；在他们眼里没有一件东西是神圣的。

现在我知道，这是谁玩的把戏：这是拉达价耶夫玩的把戏。他同我们局里一个人相识，于是，大概，在谈话中间，他就把一切添油加醋地告诉了那个人；或者，也许，他在自己局里说过，之后又传到我们局里。不过我们楼里的人都知道，而且常常用手指您的窗户；这我知道，他们是指您的窗户。昨天我到您那里吃午饭，他们都把脑袋从窗户里伸出来，女房东还说，瞧，魔鬼同婴儿勾搭上了。而且后来，她还用不堪入耳的字称呼您。但是这一切，比之于拉达价耶夫的卑鄙的企图来，又是微不足道的：他打算把我和您写到他的作品中，用巧妙的讽刺手法来描写我们；这是他自己讲的，我们这儿的一些好心人转告给我。我已经不能再想任何事情了，宝贝，而且也不知道该怎样办。应该承认，我们触怒了上帝，我的小天使！宝贝，您想给我寄一本书来解闷。去它的吧，该死的书，宝贝！书，它是什么东西？是造谣！小说也是胡诌，是为了胡诌才写的，所以，游手好闲的人才读小说。相信我，宝贝，相信我多年的经验吧！即使有人对您吹嘘什么莎士比亚，问您看过没有，图书里有莎士比亚，您也不用去理，因为莎士比亚也是胡诌，这一切都是地地道道的胡诌，都是为造谣中伤才做的！

您的马卡尔·捷乌式金

8月1日

马卡尔·阿列克塞维奇先生：

万事别愁，上帝会安排好一切。菲朵拉给她和我揽了一大堆活计，我们高高兴兴地做了起来；也许，一切会改变的。她怀疑，我最近的苦恼和安娜·菲朵萝芙娜有关；可是现在我倒不放在心上。我今天仿佛特别高兴。您想借钱，千万不可！以后，当您需要还债的时候，就要为难了。最好您和我们在一块儿生活，常到我们这边来，别理您的女房东。至于您的其余的反对者和那些心怀恶意的人，我倒相信，您的怀疑和苦恼是没有根据的，马卡尔·阿列克塞维奇！当心，我上次就对您说过，您的文体很不平常。好吧，再见，再见。希望您一定来。

您的瓦·朵
8月2日

我的小天使，瓦尔瓦拉·阿列克塞耶芙娜：

我要赶快通知您，我的命根子，我有一点希望了。不过对不起，我的小女儿——您来信说，我的小天使，要我不要借债，对吗？我的亲爱的，不借债是不行的；我，不待说，难以维持下去，就是您，也不行，要是突然遭到什么意外呢！要知道您是孱弱的；这就是我说的必须借债的理由。而且我要继续想法借。

告诉您,瓦尔瓦拉·阿列克塞耶芙娜,我在办公室的座位是同叶美尔·伊万诺维奇并排的。这不是您知道的那个叶美尔。这个人也和我一样,是九品文官,我和他都是我们局里的"开山鼻祖"。他是个好人,为人慷慨,不过不大说话,样子像头熊。可是很踏实,他写一手纯正的英国字体,假如照实说,他写得并不比我坏——一个值得尊敬的人!我们从来没有深交过,只是按照习惯,告别或问好;还有,有时我需要刀子用时,我就请求说:请把刀子给我,叶美尔·伊万诺维奇,总而言之,那不过是种共同生活所要求的交往。今天他对我说:"马卡尔·阿列克塞维奇,为什么您这么沉闷?"我看到一个人希望我好,于是便对他坦白地说:"是如此这般,叶美尔·伊万诺维奇。"自然没有全部告诉他,上帝保佑,我是永远不会什么都说出来的,因为没有勇气说。我只对他坦白了某些东西,比方说,经济上比较拮据之类。"老兄,您还是借点钱好,"叶美尔·伊万诺维奇说,"即使能向彼得·彼得洛维奇借点钱也好,他放债;我借过,利息平常,不重。"瞧,瓦莲卡,我的心跳了。我想了又想,碰巧这时,彼得·彼得洛维奇会大发慈悲,肯借给我一点钱呢!于是自己便盘算起来,顶好能把女房东的债还掉,再帮您一点钱,然后,再把自己浑身上下收拾收拾,要不,真害臊,连坐办公室都害臊,更别提那些爱嚼舌根的怎样嘲笑我了,上帝保佑他们!况且有时上司会走过我们的桌子;上帝保佑,他会看到我,会注意到我的衣着是多么破烂不堪!可是他最注意的是——干净和整洁。他也许不会说什么,可是我会羞死了。瞧,事情就是这样。因此,我鼓起勇气,厚着脸皮,去找彼得·彼得洛维奇,心里充满了希望,但又怕得要死,这两种情绪夹杂在一起。哦,怎么样呢?瓦莲卡,一切都毫无结果!那时他很忙,正和费多塞·伊万诺维奇谈话。我走到他的旁边,扯了一下他的衣袖说:"彼得·彼得洛维奇,彼得·彼得洛维奇!"他掉过头来一看,于是我接着说——是如此这般,三十个卢布等。起初他不明白我的意思,可是后来,当我向他解释了一切之后,他笑了,这倒没有关系,但他没有吭声。我对他又重复了一遍我的请求。他问我:"您有抵押吗?"之后,他就埋头在自己的文稿上写起来,看都不看我一眼。我有点心慌。我说:"没有,彼得·彼得洛维奇,我没有抵押。"但是我对他说明——只要一发薪,我就还他,一定还他,首先还他。这时有人把他叫走了,我等了他一会儿,他回来了,可是一回来就削铅笔,好像没有看见我似的。可是我还是请求着:"彼得·彼得洛维奇,不能通融些吗?"他不作声,仿佛没有听见,我等了又等,心想,最后试一次,于是又扯了一下他的袖子。他虽然说了一句什么,可是削好铅笔,就写起字来了;我只得走开。宝贝,看见了吗,他们,也许所有值得尊敬的人,都很傲慢,骄傲,怎么能看上我呢!我们配不上他们,瓦莲卡!我就是因此才把这一切写给您的。叶美尔·伊万诺维奇笑了,而且摇了摇头,但是却仍然鼓励我,真是个热心肠人。叶美尔·伊万诺维奇是个值得尊敬的人。他答应给我介绍一个人;这人住在维波尔斯克大街,瓦莲卡,也放债,一个十四级职员。叶美尔·伊万诺维奇说,这人准定会借;我明天就去,我的小天使,好吗?您怎样想呢?要知道不借钱是不行的!女房东几乎要把我从房子里赶出来了,她不答应再给我饭吃。而且我的靴子破得实在厉害,宝贝,扣子掉光了……我真不知道,什么东西再可以没有了!要是上司看到这个样子,会怎么说呢?真糟,瓦莲卡,真糟,糟糕透了!

马卡尔·捷乌式金

8月3日

亲爱的马卡尔·阿列克塞维奇:

看上帝面上,马卡尔·阿列克塞维奇,尽快地借点钱来吧;本来我不想在现在的情况下来求您帮助,可是,倘若您知道我的情况,就不会怪罪我了！无论如何，我是不能再待在这间房子里了。我碰到了非常不愉快的事，假如您能知道我现在的心情是多么烦躁和不安，就不会埋怨我了！要知道，我的朋友：今天早晨有一个陌生的、佩带勋章的、上了年纪的、差不多要算作老头子的人，来拜访我。我惊异极了，不知道他到我们这里来有什么事。菲朵拉这时上小铺去了。他开始讯问我：生活得怎么样，做些什么事？但，还没有等回答，就向我声称：他是那个军官的叔叔；他对侄子的胡闹和对我的诽谤，十分愤慨；他说，他的侄子是个坏小子，是个轻佻人，说他准备把我置于他的保护下；说他不主张我听年轻人的话，并且还说，他同情我，像做父亲的人一样，说他对我怀有一种父亲般的感情，并且准备全力帮助我。我脸通红，不知道该怎样理解，但是我没有急忙感谢他。他强拉住我的手，轻轻地拍拍我的脸蛋儿，说我长得很漂亮，说他非常喜欢我脸上的酒窝（天晓得，他说了些什么），最后，他想吻我，说他已经是个老头子了（真是个卑鄙的家伙）。这时，菲朵拉走进来。他有点慌了，于是又说，他尊重我的谦恭和贤淑，说他非常希望我别把他当成生人。然后，他把菲朵拉叫到一边，在一个奇怪的借口下想给她一点钱，菲朵拉当然没有接受。最后，他准备回家了，又重复一遍自己的保证，说，他还要来看我，并且给我买耳环来（他似乎很尴尬）；他劝我搬家，还给我介绍了一处他心目中的漂亮房子，说这所房子不用我花钱；他说，他非常喜欢我这样一个诚实、懂事的姑娘，劝我提防那些淫荡的小伙子。最后还声明，他认识安娜·菲朵萝芙娜，说安娜·菲朵萝芙娜要他告诉我，她要来看我，于是我立刻明白了。我不知道我怎么了；有生以来我第一次遇到这种情况；我气极了；我拼命地讥笑他。菲朵拉帮着我把他撵出房子。我们断定，这是安娜·菲朵萝芙娜干的。要不，他怎么知道我们呢？

现在，马卡尔·阿列克塞维奇，我向您求助。

看上帝面上,不要在这种情况下撇下我!借债吧,即使借到一点也好,我们没有搬家费,可是待在这里又不行:菲朵拉也是这个主张。我们至少得二十五个卢布;这些钱我以后还您;我会挣钱的;最近菲朵拉又给我揽了一堆活计,所以,如果要拿重利来难为您,您别犹豫,同意就是了。我一定还您,不过看上帝面上,别停止对我的帮助。现在,在您万分困难的时刻来麻烦您,我是非常痛心的,可是我的全部希望都寄托在您一个人身上了!再见,马卡尔·阿列克塞维奇,想着我,愿上帝赐您成功!

瓦·朵

8月4日

我的爱,瓦尔瓦拉·阿列克塞耶芙娜:

瞧,就是这一切料想不到的打击使我非常震惊!就是这些可怕的灾难使我的精神受苦!这群形形色色的阿谀者和卑鄙无耻的老头子,他们不仅想要您——我的小天使,病倒在床上,而且这些浑蛋,还想来折磨我。他们要折磨我,我发誓,他们要折磨我!要知道,此刻,假如不能帮助您,我宁肯死掉!要是不能帮助您,那也只有死掉,瓦莲卡,这是真正的死,可是如果帮助了您,您就会从我身边飞去,像被凶猛的猫头鹰追逐的一只小鸟从窝里飞走一般。我就是因此而苦恼,宝贝。可是您,瓦莲卡,您是多么残酷啊!您怎么能说出这种话来呢?人家在折磨您,侮辱您;而您,我的孩子,在受苦,可您还在为打搅我而难过,还说,要做工还我的债,也就是说,说实在的,您将损坏您那孱弱的身体,以便如期还我。可是您,瓦莲卡,只要想一想,您都说了些什么呀!为什么您必须缝纫,必须劳动,必须忧愁烦恼,必须损坏那美丽的眼睛,必须摧残自己的健康呢?哦,瓦莲卡,瓦莲卡,您看见了吗,我的爱,我一点也不中用,而且自己也知道,不中用,可是我一定要使自己有用!我要克服这一切,我要想法找到额外的工作,给作家们抄写各种文稿，我要去找他们，自己去找，要他们给我工作做；因为要知道，宝贝，他们也在寻找好的缮写员，这我知道，他们在找，可是我不答应您糟蹋自己；我不答应您实行那个极其有害的计划。我的小天使，我一定去借钱，借不到钱，我宁肯死去。您来信说，我的爱，叫我别怕利息重，我不怕，宝贝，我不怕，现在什么都不怕。宝贝，我想借四十个纸卢布；不多吧，瓦莲卡，您看呢？一开口就借四十个纸卢布，人家能信得过吗？也就是说，我想说，您看我能第一眼就取得别人的信任吗？初看我的容貌，能得到好评吗？您告诉我，小天使，我能取得同情？您个人的看法如何？您知道，我很害怕——痛苦，真正的痛苦！从四十个卢布中间，分出二十五个卢布给您用，瓦莲卡：两个卢布给女房东，剩下的作个人开销。您瞧，本来应该多给女房东一点的，甚至是必须的；可是您通盘考虑一下，宝贝，计算计算我的需要，您就会看到，再多给一点也不可能了，因此，关于这一点，提都没法提了，况且也无须提。用一个银卢布来买靴子；我真不知道，明天我还能不能穿这双旧靴子去上班。领带也是必需的，因为那条旧领带已经用了一年了；可是，因为您说要把您的旧围裙给我改作领带和胸衣，所以我就不再考虑领带了。这样，靴子和领带就都有了。现在就剩纽扣了，我的朋友！您不是同意，我的乖乖，说我没有纽扣是不行的吗？可是我的扣子几乎掉了一半！一想到上司可能看到这副寒酸样子，并且说我（是的，一定要说我），我就羞愧之至！宝贝，我也许听不到他说话：因为我会死去，即刻死去，真的，一想起这件事，我就愧不欲生！哦，宝贝！这样一来，除去这些必要开支之外，就只剩下三个卢布了，再用这点钱买半磅烟叶和一点日用品；因为，我的小天使，没有烟叶，我是不能生活的，可是已经整整八天了，我没有噙过烟斗。说实话，我本来可以不告诉您就买的，可是心里惭愧。瞧，您在那里作难，您想尽方法苛待自己，可是我在这里却尽情地享受；就是这个原因才使我告诉您一切的，为的是良心上不受谴责。我坦白地告诉您，瓦莲卡，我现在的处境十分困难，也就是说，我还从来没有这样倒霉过。女房东瞧不起我，没有人尊敬我；可怕的贫困，债务；至于局里那些同事，从前就不让我自由自在地生活，现在，宝贝，就更提不得了。我把一切隐瞒着，对谁也不谈，而且自己也躲藏起来，每当上班去的时候，我总是避开大家，从旁边溜进去。要知道现在能够向您承认这一点，就着实不简单了……可是，要是借不到怎么办呢！不，不，瓦莲卡，顶好不要这样想，不要事先叫这种思想破坏了自己的情绪。我写这些就是为了事先警告您，就是为了要您别想这件事，别为这个可恶的念头而苦恼。哦，我的天哪，那时您会怎么样呢？那时，自然，您就不会从这间房子里搬走了，我也同您在一起了。哦，不，那时我就不会回来啦，我会失踪，会死掉。瞧，我在这里胡写些什么！应该刮刮脸了，这总算是一件令人仪表优雅的事，而仪表优雅是永远能够做到的。好吧,上帝保佑:一帆风顺!

马卡尔·捷乌式金

8月4日

亲爱的马卡尔·阿列克塞维奇:

但愿您别失望!就是这样,痛苦已经足够了。给您寄去三十个银戈比;不能多给了。买您最当紧的东西吧,混过今天再说。我们自己几乎什么也没有留,真不知道明天怎么过。愁啊,马卡尔·阿列克塞维奇!不过,您不要难过;借不到钱也没有办法!菲朵拉说,这也没有什么了不得,她说暂时还可以住在这间房子里,因为即使搬了家,也得不到什么好处,人家如果有心的话,不管我们搬到哪儿都会找到的。不过,总觉得现在还留在这儿不大好。假如不是因为我的心情坏,我会给你写出某种原因来的。

您的性格多么古怪啊,马卡尔·阿列克塞维奇!您把一切过分看重了;因此您永远是个不幸的人。我仔细地读了您的每封信,看得出,在每一封信中,您都在为我痛苦和焦虑,而对自己却漠不关心。无疑,谁都会说您有一副慈悲心肠,可是我要说,您的心肠实在是过分慈悲了。我要给您一个友谊的忠告,马卡尔·阿列克塞维奇。我感谢您,非常感谢您为我做的一切,我深深地感受到这一切;可是您想想看,当我看到,即使在此刻,在您遭到一切不幸,而我就是这不幸的、不自觉的根源时,您却仍然为我,为我的欢乐、我的悲伤、我的爱而活着。这怎能叫我不难过呢!倘若把别人的事都放在自己心上,倘若对每件事都表示深刻的同情,那么,老实说,您准会是一个不幸的人。今天,当您下班后到我这里来的时候,看到您,真把我吓坏了。您是那样苍白,惊慌,失望:脸上没有一点血色,这一切都是因为您怕我知道您的失败,怕我失望,怕吓到我,可是当您看到,我险些没有笑出来时,您就几乎完全放心了。马卡尔·阿列克塞维奇!别忧伤,别失望,理智一些,我求您,我恳求您这样做。这样您就会看到,一切都会好的,一切都会变好的;要不,您就很难生活。您就会永远为别人的痛苦而伤心难过。再见,我的朋友;我求您,别过分为我操心。

瓦·朵
8月5日

我的爱,瓦莲卡:

那么,很好,我的小天使,很好!您断定我没有弄到钱,也不算坏事。那么,很好,我放心了,您使我快乐了!我甚至为您没有撇下我这老头子,而留在这所住宅里感到高兴了。然而,如果要说完全的话,那就是我的整个心都充满了快乐,我看到,您在信中把我说得如此之好,并给予我的感情以应有的评价。我这么说并不是出于自豪。而是因为我看到,您非常爱我,非常惦记我的心。那么,好啦;干吗此刻还说我的心呢!心就是心;宝贝,您嘱咐我,要我别灰心。是的,我的小天使,看来，我自己也会说，不应该灰心；然而您自己盘算盘算，我的宝贝，明天我穿什么靴子上班去呢？瞧，问题就在这里，宝贝；可是要知道，这类思想是能够毁掉一个人的，完完全全地毁掉。然而主要的是，我的亲爱的，我伤心，我难过，都不是为了自己；我随便怎样都行，哪怕是在严寒的冬天，不穿外套，不穿靴子也可以，我受得住，什么都受得住，我不在乎；我是个微不足道的小人物，可是人们会怎样说呢？我的仇人，这些造谣中伤的人，会怎样说呢，当您没穿外套走路的时候？要知道穿外套是为了给别人看的，而且穿靴子大概也是为了给别人看的。在这种情况下，宝贝，我的心肝儿，靴子对我来说，只是为了维护荣誉和人格；穿着这双满是洞的靴子，是谈不上什么荣誉和人格的，相信我，宝贝，请相信我多年的经验；听从我这个看破红尘的老头子的话吧，别听那些烂文人的鬼话。

宝贝，我还没有详细告诉您，今天究竟发生

了什么事,我吃了什么苦头。我吃的苦头,在一个早晨吃的苦头,是另外一个人在一年中也不会经受到的。事情是这样:首先,一大早,我就出了门,为的是能找到他,并且还要赶着去上班。雨下得很大,天坏极了!我的好人儿,我裹紧外套,走呀走的,心里一直在想:"主!宽恕我的罪过,让我的愿望实现吧。"我路过一所教堂,画了十字,忏悔了自己的罪过,而且还记得,我是不配同老天爷商量事情的。然后我就陷入沉思中,什么东西都不想看;我信步走着。街上空空的,偶尔遇到几个人,他们也都显得匆忙而且心事重重,这也不奇怪,谁能在这样恶劣的天气一大早出来散步呢?一群肮脏的工人从我身边走过去;老粗们撞了我一下!我忽然胆怯起来,说实话,关于借钱的事,我甚至怕想,既是碰运气,就只好听天由命!走到沃斯克列塞斯基桥时,我的鞋掌掉下来了,所以在这之后,连自己也不知道是怎样走路的了。可是就在这时,我碰到了我们局里的录事,叶尔莫拉耶夫,他挺直身子站着,目送着我,仿佛要讨酒喝似的。"嗨,老兄!"我想,"要讨酒喝,可是这是什么酒啊!"我疲倦得要命,停下来,歇了一会儿,然后又慢慢向前走去。我故意四处观望,想叫什么东西吸引住我的思想,转移我的注意力,使自己打起精神来:可是不成,什么东西也引不起我的注意,反而还弄得浑身上下是泥,自己都为自己害臊了。最后,在远处,我看到一所带顶楼的、类似望楼式的黄色木头房子。哦,我想,就是它,叶美尔·伊万诺维奇讲的就是它——马尔科夫住宅(他就是那个放债的马尔科夫,宝贝)。这时我简直控制不住自己了,本来我知道,这就是马尔科夫住宅,可是到底还是问了一个岗警:"老兄,这是谁的房子?"岗警粗鲁极了,好像在同谁生气似的,很不满意地说道:"你没瞧见吗?"他说,"这是马尔科夫的房子。"这些臭岗警们全是一些没有心肝的家伙,可是岗警关我屁事!然而,不知怎的,事事不如意,总而言之,一件事没完又一件事;你可以从每件事中找到和自己处境相似的东西,事情常常就是这样。我来回走过这所房子三趟,我走过的次数越多,心里就越沉重——不,我想,他不会借的,绝对不会借的!一来,我是个生人;二来,这种事情又很容易令人误解,况且我的样子是这么寒碜。那么,我想,听凭命运摆布吧;但愿以后别后悔!而且也绝不至于因为试一试就会把我吃了的。于是,我轻轻地推开了便门,这时另一桩倒霉事发生了:一只看门的恶狗缠住了我;拼命地向我狂吠!真的,往往就是这些无聊的小事会气破人的肚皮,宝贝,使人发生一种胆怯的心理,从而打消了原先考虑好的决定;于是我吓得半死不活地走进院子,一进去,就又闯了祸。我没有看到,在门后边,在黑暗的地方,会有人,我迈进去,刚好撞到一个娘儿们身上,她正在把挤奶桶里的牛奶慢慢地往瓦罐里倒,牛奶洒在地上。蠢娘儿们尖声地大叫起来:"我的爷呀,你往哪儿闯?你要干什么?"而且还骂了些难听的话。宝贝,我说这些的目的,就是说,我总是碰到这一类事情；仿佛我命里注定就该如此；仿佛我一辈子就该被这些节外生枝的事情纠缠。应着叫声，有一个老妖婆，芬兰女人，当家的，探出头来，我照直问她："马尔科夫住这里吗？""没有，"她说，她站了一会儿，向我仔细打量了一番，"您找他做什么？"我对她说明，是如此这般，叶美尔·伊万诺维奇……还有其他，等等；我说："我有事找他。"老太婆喊了一声女儿——女儿走进来，女孩已经不小，赤着一双脚，"喊你爹，他在上面房客那里，请。"我走进去，房子不错，墙上挂着一些小图片，全是将军们的半身像，房子里摆着一张沙发，一张圆桌子，一盆苜蓿草，几盆凤仙花，我想来想去，顶好还是走开的好，走还是不走呢？说实在的，宝贝，我真想跑开！我想，顶好是明天来；天气会好些，而且我可以挨到明天，可是今天，瞧，牛奶洒了，将军们是那样怒目而视……我已经往门口走了，这时他走进来，一个貌不惊人、头发斑白的人，贼溜溜的一双眼珠子，穿着一件油渍斑斑的衬衣，用绳子扎着腰。他询问我的来意，我对他说，是如此这般，依美尔·伊万诺维奇……四十个卢布，我说："就是这么回事。"可是我的话还没有说完，我就从他的眼神里看出，事情不会成功了。"不行，"他说，"问题是我没有钱；可是您拿什么作抵押呢？"我对他说明："我没有抵押，可是叶美尔·伊万诺维奇说过的……"总而言之，我说了需要说的一切。他听完后，说："不行，什么叶美尔·伊万诺维奇！我没有钱。"瞧，我想，万事不顺心；我知道一定会是这样，而且还预感到了——可是，瓦莲卡，顶好让大地在我的脚下裂开吧；天寒地冻，双脚麻木，脊背上起满了鸡皮疙瘩。我望着他，他也望着我，差一点儿没说出："滚你的吧，老兄，这儿没你的活儿。"假如，这是在另一种情况下发生的，那我一定会愧不欲生。"你干什么？你要钱干什么？"（看我提的是什么问题呀，宝贝！）我张开嘴，唯一的目的是别叫冷场，可是他连听都不要听了。"不成，"他说，

"我倒是乐意借,就是没有钱。"我向他三番五次说明,我借的钱不多,说我一定还他,按期还他,甚至可以提早还他,利息随便要,说上帝保证,我准还他。宝贝,在这一刹那,我记起了您,记起了您的不幸,您的困难,您的五十戈比。"不行,"他说,"至于利息嘛,倒没有关系,假使有抵押还可以!不过我没有钱,上帝做证,我没有钱;"他说,"我倒是乐意借的。"——他还请上帝做证呢?这个强盗!

这之后,我的亲爱的,我就记不得我是怎样走出来,怎样路过维波尔格街,怎样绊倒在沃斯克列辛桥上的了。我疲倦极了,冷得直哆嗦,十点钟的时候,我才赶到班上。本来我想把身上的泥弄干净,但看门人,斯涅格列夫说:"不成,这样会弄坏刷子的。"他说:"可是刷子,老爷,是公家的。"瞧,他们现在怎么看我,宝贝,在这些先生们的眼里,我甚至不如一块用来给他们擦鞋的破布。瓦莲卡,您要知道是什么使我痛不欲生吗?不是钱,而是这些日常生活上的烦恼，这些闲话，这些嘲笑，这些戏谑。上司不定会怎样申斥我哩！哦，宝贝，我的黄金时代过去了！今天我又重读了您的全部来信；苦恼啊，宝贝！再见，亲爱的，上帝保佑您！

　　　　　　　　　　　马卡尔·捷乌式金
　　　　　　　　　　　8月5日

　　附：瓦莲卡，我想把我的痛苦半开玩笑地叙说给您，不过，显然，我是办不到了。好在，玩笑也只是为了使您开心而已。我一定到您那里去，宝贝，一定去，明天就去。

瓦尔瓦拉·阿列克塞耶芙娜，我的爱，宝贝：

　　我完蛋了，我们俩都完蛋了，我们俩一起都无可挽回地完蛋了。我的名誉、尊严，一切都完了；我毁了，您也毁了，宝贝，您同我一起都无可挽回地毁掉了！这是我，是我带给您的毁灭！我被欺侮，宝贝，被蔑视，被嘲笑了，女房东居然骂起我来；今天，她对我大喊大叫，申斥我，责备我，把我比得连一根劈柴都不如。晚上，有人在拉达价耶夫房里朗诵我给您写的一封信的底稿，那是我无意中放在口袋里掉了的。我的妈呀，他们开的什么玩笑呀！他们唱我们的喜歌，哈哈大笑，这些昧良心的家伙！我跑到他们那里，指责拉达价耶夫的背信弃义；我说他是个昧良心的家伙！可是拉达价耶夫回答我说，我才是个昧良心的，说我从事各种渔色；他说："您瞒着我们，您是LoBelac[1]。"现在大家都喊我LoBelac了，我没有别的名字了！您听到了吗？我的小天使，您听到了吗？现在他们全都知道了，因为他们清楚一切，我的亲爱的，他们知道您，知道一切，不论您有什么，他们都知道！可不是吗？就连法尔东尼，也和他们结成一伙儿；今天我打发他到香肠店里去弄点

---

[1] LoBelac（劳维拉斯）：18世纪英国作家理查德逊的小说《克拉利萨》中的人物之一，一个为所欲为追逐女色的贵族，后来人们用这个名字来谑称那些好色之徒。

东西来吃；他就是不肯去，还说，他有事！"可是这是你的职责。"我说。"不，"他说，"这不是我的职责，你不付我们太太钱，我就不给你做事。"我受不了这个没有教养的老粗的侮辱，于是就骂他浑蛋；可是他回答我说："浑蛋骂人。"我以为他喝醉了才对我这样无礼。于是我说道："你这个醉鬼，乡下佬！"而他回答我："是您给我酒喝了吗？您自己恐怕还没有酒喝呢；您还要靠娘儿们施舍十个戈比呢。"而且还加了一句："嗨，还是一位老爷！"瞧，宝贝，事情竟到了这般田地！瓦莲卡，活着都丢人！简直像个疯子；比一个流浪汉还不如。灾难深重啊！我毁了，彻底毁了！无可挽回地毁了。

马·捷

8月11日

亲爱的马卡尔·阿列克塞维奇：

祸不单行，我真不知道该怎么办了！现在，不管您的情况多么坏，我是无能为力了；今天我的左手被熨斗烧伤了；是无意中弄翻熨斗烧伤的。活儿是做不成了，可是菲朵拉已经病了整整两天。我非常焦虑。寄给您三十个银戈比；这几乎是我们全部财产了，可是，上帝有眼，此刻我是多么想帮助您啊，在您困难的时刻！我难过得要落泪了！再见，我的朋友！如果您今天能来看我们，我一定会感到莫大的安慰。

瓦·朵

8月13日

马卡尔·阿列克塞维奇：

您是怎么啦？您一定是不怕上帝吧！您真把我气疯了。您不害臊吗！您在毁害自己，您只考虑自己的名誉！您是个诚实、高尚、有自尊心的人——谁都知道！您真该惭愧而死！莫非您不吝惜你的斑白头发？您怕不怕上帝呢？菲朵拉说，现在她再不帮助您了，我也不再给您钱了。您把我弄到什么地步了，马卡尔·阿列克塞维奇！您大概以为，您的行为与我没有关系；您还不知道，我为了您蒙受了多么大的耻辱！我不能走过这儿的楼梯，大家都看我，都指我，而且还说一些不三不四的话；他们干脆说我同酒鬼勾搭上了。听到这些话叫人多么伤心啊！每逢您被拖回来时，房客们就轻蔑地指着您："瞧，"他们说，"书记官被带回来了。"我真替您害臊、我发誓，我要离开这里。或者去当侍女，或是去当洗衣工，总之，我是不留在这里了。我写信要您来看我，可是您不来。看来，我的眼泪和请求对您算不得什么，马卡尔·阿列克塞维奇！您从哪里弄到的钱？看上帝面上，保重些吧。要知道，您会毁掉的，会平白无故地毁掉的！可耻，真是可耻！昨天女房东不让您进房里睡觉，您在过道里睡了一夜，我全知道。如果您知道，我晓得这一切后是多么难过那就好了。到我这里来吧，在我们这儿您会快乐的，我们将一块儿读书，一块儿回忆过去。菲朵拉将叙述她朝圣拜神的经过。看上帝面上，我的爱，别糟蹋自己，也别糟蹋我。要知道,我是为了您才生活的,为了您并和您一起,才留在这儿的。可是您现在却是这样!做一个不畏艰险的、高尚的人吧;记住,穷,不是罪过。有什么值得您绝望的呢?这只是暂时的!上帝有眼,一切会改变的,不过,您此刻得克制一点儿。给您寄二十戈比,买点儿烟或是您需要的东西,只是看上帝面上,别乱花钱。到我们这里来吧,一定要来。您也许会像从前一样,感到耻辱,不过别害臊,这是没有理由的害臊。只希望您能真心悔改。信赖上帝吧。他会把一切安排好的。

瓦·朵

8月19日

瓦尔瓦拉·阿列克塞耶芙娜,宝贝:

我羞愧,我的好人儿,瓦尔瓦拉·阿列克塞耶芙娜,我非常羞愧。不过,这有什么不得了呢,宝贝?为什么不让自己的心快活一点呢?那时就连我的鞋底也不用想了,因为鞋底终究是一个无足轻重的龌龊东西。就连靴子也没有什么了不起！希腊圣贤就是不穿靴子走路的，干吗我辈就必须操心这种无聊的东西？为什么因为我没有它们就得受到侮辱和蔑视呢？哦，宝贝，宝贝，瞧您写的什么呀！请您告诉菲朵拉，她是个无聊的、讨嫌的、愚蠢的、愚蠢透顶的泼妇！至于我的白发，那是您弄错了，我的亲爱的，因为我完全不像您想象得那么老。叶美尔问您好。您来信说，您伤心地哭过；可是我也告诉您，我也伤心地哭过。最后祝您健康，幸福，至于我嘛，当然也健康，幸福，我的小天使。

您的朋友
马卡尔·捷乌式金
8月19日

瓦尔瓦拉·阿列克塞耶芙娜女士，亲爱的朋友：

我知道我错了，我知道我在您的面前有罪，而且，依我看，就是我知道这一切，也是无济于事的，宝贝，不管您怎么说。还在我做错事以前，我就觉察到这一切，可是我的意志非常消沉，所以就知错犯错了。我的宝贝，我不是凶狠残酷的人；要想撕碎您的心，我的爱，那需要一头嗜血成性的老虎才行，可是我只有一颗绵羊似的心，而且正像您知道的，我也没有喝血的嗜好；所以，我的小天使，我不能对我的过错完全负责。正像我的心，我的思想没有罪过一样；所以我真不明白我错在什么地方。事情太令人纳闷了，宝贝！您寄给我三十个银戈比，后来又寄给我二十个戈比；看到您的孤女的钱，我的心难受极了。您自己的手烫了，马上就要挨饿，可是还来信说，要我买烟抽。那么，在这种情况下我该怎么办呢？或者就这样，让我像个强盗似的，恬不知耻地开始抢劫您，抢劫一个孤女？这就是我意志消沉的原因，宝贝，也就是说，起初，当我下意识地觉得，自己毫无用处，而且自己并不比自己的鞋底好多少的时候。我认为把自己看作有什么价值，那未免太不客气；相反，我认为自己是一个很不体面的，在某种程度上说是一个十分卑鄙的家伙。是的，人一旦失去了自尊心，一旦丢掉了自己的好品质，那他就会彻底毁灭，这也就是堕落！这是命运的安排，这不是我的过错。起初我出去是想使精神恢复一下。可是倒霉的事一个跟着一个——大自然阴森森的，天气寒冷，雨淅淅沥沥下着，而且这时我又碰上了叶美尔。瓦莲卡，他已经把所有的东西都作了抵押，一切东西都各自回到它们老家去了，在我遇到他的那天，他已经两天两夜水米没沾牙，他连根本不能抵押的东西都想拿去抵押，最后甚至于这种抵押品也不存在了。于是，有什么办法呢？瓦莲卡，我让步了，与其说是由于个人的嗜好，倒不如说是出于对人类的怜悯。这次的过失就是这样发生的，宝贝！我和他一同哭！我们谈到您。他是个极和善的人，是个很好的人，而且很敏感。宝贝，我自己也感到这一切；因为我也碰到过类似情况，所以，我对这一切理解得格外深刻。我知道我对您应尽的责任，我亲爱的！在我认识您之后，首先，我开始比较清楚地认识自己了,而且开始爱您;在这之前,我的小天使,我是孤独的,仿佛在梦中,而不是生活在人世上。他们,这儿的恶棍,说,甚至我的长相都很丑陋,他们鄙弃我,于是,我也鄙弃自己了;他们说我迟钝,于是我也就当真认为我迟钝,可是在您出现之后,我的整个愚昧的生活被照亮了,我的心和灵魂被照亮了。我得到了精神上的安宁,于是我知道,我也不比别人差;只是没有可炫耀的东西,没有漂亮的外表,没有装腔作势的派头,可是我仍然是人,是一个有思想、有良心的人。可是,现在,我觉得,我被命运驱赶着,戏弄着,我丢掉了自己的良好品质,我的灾难使我苦恼,我的意志消沉了。而且因为您现在全都知道,所以,宝贝,我哀求您别再打听这类材料了,因为我的心要碎了,真痛苦啊。

宝贝,向您致敬,并且永远是您的忠实朋友。

马卡尔·捷乌式金

8月21日

我没有写完上封信，马卡尔·阿列克塞维奇，因为我难过得写不下去了。有时，有这样的时刻，我喜欢独自一个人忧伤，一个人发愁，这样的时刻，现在对我是愈来愈多了。在我的回忆中，有一种为自己也不理解的东西，它不知不觉地强烈地吸引着我，以致几个小时我能对周围的一切失去了知觉，忘却了现实。在我此刻的生活中，任何一种印象——无论是愉快的，或是忧伤的，沉痛的，都使我联想起我过去的与此相似的东西，多半是我的童年，我的黄金的童年！可是在这一刹那过去之后，我总觉得很难受。不知怎的我变得虚弱了，我的幻想使我疲惫不堪，我本来就衰弱的身体现在是愈来愈坏了。可是今天清新的、明朗的、美丽的早晨，这里秋天很少有这样的天气，使我复活了，我愉快地迎接着它。那么，我们这儿已经是秋天了！我多么喜欢乡间的秋天啊！还在童年的时候，我就有许多感触。比起早晨来，我更爱秋天的黄昏。我记得，离我们家不远的山脚下，有一个湖。这个湖，我仿佛此刻还看到它。这个湖宽阔，晶莹、明净，好像水晶一样！有时，晚上不刮风，湖面平静极了；岸边的树木没有一点响动，水静止不动了，仿佛一面镜子。清新！凉爽！露水落到草地上，岸边茅屋里燃起一盏盏灯火，人们赶着畜群。这时，我便悄悄地从家里溜出来，去看我心爱的湖，有时，简直着了迷。一捆干柴在水边渔家门前燃起来，火光远远地映在水面上。天空寒冷，蔚蓝，沿着地平线伸出一条条红色的火带，这些火带又渐渐地变成苍白色，月亮升起来；空气是那样宁静，即使有一只受惊的小鸟飞起，即使有一根芦苇在微风中簌簌发响，即使有一条鱼儿在水中激起水花，都听得清清楚楚。白色的蒸气在蓝色的水面上升起来，轻飘飘，晶莹透明。远处暗下来；一切都仿佛淹没在雾气中。而在近处，一切又仿佛是用刀切斧砍出来似的——小船，河岸，小鸟；一只被遗忘在岸边的大桶，在水上轻轻地摆动着，一枝带着黄叶的爆竹柳夹杂在芦苇丛中,一只晚到的水鸭振翅飞起,一会儿钻进冰冷的水里,一会儿又飞起来,淹没在雾气中。我凝视着,谛听着,美极了!可是那时我还是一个小孩子哩!……

我非常喜欢秋天——深秋,这时庄稼已经收割,田里的活儿干完了,青年们开始在茅屋里聚会,大家都在等待着冬天。这时一切都变得阴沉沉的,天空布满浓云,枯黄的叶子铺满秃树林旁边的小道,树林变成深蓝色,特别是黄昏,这时,湿雾弥漫,树木从雾中显现出来,仿佛无数巨人,无数丑陋、可怕的鬼影一般。有时,散步时,你掉在别人后边,你一个人走着,跑着,十分害怕!浑身打战,像一片叶子似的;于是,你想,随时都可能有一个可怕的怪物从树洞里窥伺你;与此同时,风在树林里刮着,叫着,闹着,悲号着,把大片大片的树叶从枯枝上扯下来,树叶在空中随风旋舞,而且在它们后边,一队长长宽宽的、喧嚷的鸟群,带着粗野的尖叫声飞过去,于是天空变黑了,一切都被他们覆盖起来。真可怕,这时你好像听到有人——一个声音,仿佛在低声对你说话:"快跑,快跑,孩子,别掉队;这儿马上就会发生可怕的事,快跑,跑,孩子!"恐惧掠过整个心头,你跑呀跑,气都喘不过来。你上气不接下气地跑回家;可家里热闹非凡;大人给我们,所有的孩子们都分配了活儿:剥豌豆或罂粟籽。潮湿的劈柴在炉子里噼噼啪啪响着,妈妈愉快地监督着我们干活儿;老乳娘乌莉亚谈着过去,或讲一些可怕的神鬼故事。我们孩子们一个挤着一个,可是每人的脸上都挂着笑容。忽然,一下子都静下来……听!声音!好像有人敲门!什么事情也没有;这是年老的沃罗洛娜的脚蹬式纺车在咯噔作响!多么可笑!之后夜里,我们就吓得睡不着觉;尽做噩梦。有时,你醒来,动也不敢动,直到天亮还在被窝里哆嗦。早上你起来,像一朵新鲜的花儿。你看看窗户,整个田野被严寒包围了;秋天的薄霜挂在秃树枝上;湖上蒙着一层像纸似的薄冰;白色的蒸气在湖面上升起;小鸟愉快地喳喳叫着。太阳的明亮的光辉照亮了四周,它又破坏着像玻璃似的薄冰。一切是那样光辉,明亮,愉快!炉火又噼噼啪啪地响着;我们都坐到茶炉旁边,我们家的那只夜间冷得打战的大黑狗,彼尔加,向窗口望望,而且很有礼貌地摇摇尾巴。有一个农夫,骑着高头大马路过窗前,到森林砍柴去了。一切是那样令人惬意,快活!哦,我的童年时代是多么美好啊!……

可是现在,我像个孩子似的,被自己的回忆感动得痛哭流涕。这一切我是那样清楚地记得,仿佛历历在目,可是眼下的一切是这样黯然无光!……这会怎样结束呢?这一切会怎样结束呢?知道吗,我有一种信念?我确信,今年秋天我就会死去。我病得很重。我常常想到,我会死,可是我总不愿意就这样死去——躺在此地的土里。也许,我又要躺倒了,像春天时一样,而那次的病,我还没来得及复原。现在我非常忧伤。菲朵拉今天出去了一整天,我一个人坐在家里。可是近来我害怕独自待在家里;我总觉得,有什么人待在我们屋子里,而且同我说话;特别是在我沉思后,突然清醒过来的时候,我觉得非常害怕。这就是我给您写这封信的原因;可是当我写信的时候,这种感觉就消失了。再见,不写了,因为没有纸,也没有时间了。原打算给我买衣服和帽子的钱,现在只剩下一个银卢布了。您给女房东两个银卢布;这很好;现在她暂时可以安静些了。

想法把您的衣服整理一下吧。再见;我非常累;我不明白,为什么我是这样虚弱;做一点事就累得不得了。一旦有了工作,可怎么办呢?这真使我伤脑筋。

瓦·朵

9月3日

我的亲爱的,瓦莲卡:

今天,我的小天使,我有很多体会。首先,我的头整整痛了一天。为了透透新鲜空气,我沿着芳坦卡河走去。傍晚是那样黑暗，潮湿。六点钟的时候天就黑了，瞧，现在是怎么了！没有下雨，可是有雾，不过这和小雨也差不多。天空一块块长长宽宽的黑云移动着。无数平民沿着河岸大街走着，而且仿佛故意似的，他们每人的面孔都非常可怕，颓丧，这里面有醉汉；有翘鼻子的芬兰娘儿们；有穿着靴子而没有戴帽子的搬运工人；有马车夫；有我们这号有事的人；有顽童；还有一个穿条纹长衫的骨瘦如柴的铁匠徒，他的脸仿佛在黑油里洗过似的，手里拿着一把锁；还有一个身高一俄丈的退伍士兵——瞧，就是这样一群人。显然，在这个时间，是不会有别的人来的。能通航的芳坦卡运河啊！帆船多得简直使你奇怪，它怎么能容纳下这么多船只？娘儿们拿着湿饼干和烂苹果坐在桥上，而且她们也是又脏，又湿。在芳坦卡河边散步是枯燥的！脚下是潮湿的花岗石，旁边是高大的、污秽的、被烟熏黑了的大楼；脚下是雾，头上也是雾。今天傍晚是多么沉闷，多么忧郁啊！

当我拐到高洛霍夫街的时候，天已经完全黑了，汽灯燃起来。我好久没有来过高洛霍夫街了——没有时间。真是一条繁华的街道！漂亮的小铺子，富丽的大商店；样样东西都放射出异样色彩，玻璃后面是衣料，鲜花，各种式样的带绦带的帽子。你以为，这一切都是为美观才摆的吗？不，有人要买这些东西给妻子送礼。真是一条繁华的街道！许多德国面包商都住在高洛霍夫街；大概，他们也相当富有。来往的轿车多极了；这条马路怎么能承受得住这么多车辆啊！马车是那样豪华，玻璃像镜子一般，里面是丝绒和绸缎；贵族的侍从系着带穗的肩章，佩着长剑。我向每一辆轿车里看，全都是穿着漂亮的妇人坐在里边，或许是公爵夫人和伯爵夫人吧。对，这个时间正是他们忙着去赴舞会和去参加聚会的时间。能就近看到一位公爵夫人，或一般地说，一位尊贵的夫人，倒很有趣；不，应该说很好；我从来没有见过她们，一直到现在才这样向轿车里望一眼。这时，我记起了您。

哦，我的爱，我的亲爱的！此刻一想起您，我的整个心都碎了！瓦莲卡，为什么您这样不幸？我的小天使！您有什么地方不如别人呢？您在我心目中是那样善良，美丽，有学问；可是，为什么您的命就这样苦呢？为什么会是这样，一个好人扔下没人管，可是对于另一个人，幸运却自己找上门来？我知道，我知道，宝贝，这样想是不好的，这是反叛思想；可是坦白说，老实说，为什么对于一个还在娘肚子里的人，命运之鸦就把幸福呱啦呱啦地给他召来。而另一个人却只能从育婴堂走入社会？而且还有这种事，幸福常常被傻瓜依万奴斯卡得到。他们说，你，伊万奴斯卡傻瓜，继承你祖父的产业，喝吧，吃吧，乐吧。可是你，这个没出息的，只能舔嘴唇；你，他们说，活该倒霉，你，老兄，就是这号子人！有罪，宝贝，这样想是有罪的，可是这种想法不知不觉地爬上了心头。假如是您，我的亲爱的，好人儿，坐在这种轿车里，那就没有说的了。那时，将军们将愿意得到您的垂青，而不是我辈们；您将不会穿粗布烂衣衫，而会穿绫罗绸缎，戴金挂银。您将不会像现在这样骨瘦如柴，而会变成一个丰满、红润的糖人儿。那时，哪怕只让我透过明亮的窗户，在街上望您一眼，看一看您的背影，我就心满意足了；那时，只要一想到您在那儿是幸福的，是快乐的，我的美丽的小鸟，我就会心花怒放。可是现在呢？不仅有恶人在谗害您，而且还有这个下贱的老色鬼来调戏您。就凭身着一件水鸭似的燕尾服，手持一副金丝框的长柄眼镜，这个无耻之徒，他就可以为所欲为，别人也就应该去听他那淫词秽语！够了，可爱的先生！可是为什么会发生这一切呢？是因为您是个孤儿，是因为您是个无依无靠的人，没有一个有权有势的朋友吗？可是，随意欺侮孤儿的人，能算人吗？这是下流胚，不是人，简直是下流胚，他们只能在人中间充个数，实际上是不能算人的，我确信这条。瞧，他们就是这号子人！在我看来，我的亲爱的。今天我在高洛霍夫街上碰到的那个街头乐师，要比他们更叫人尊敬些。他虽然整天流浪，受苦，求得一个半个存放久了的、不中用的小钱糊口，然而他是真正的正人君子，自己养活自己。他不想求人施舍；他为人们娱乐而劳动，像一部正在开动的机器一样，他说："我尽力来使人们娱乐。"他很穷，很穷，说实话，简直和乞丐一样；然而他是一个高尚的乞丐；他累，他冻，可是还在劳动，虽然这是一种特殊的劳动，可仍然是劳动。而且有许多诚实的人，宝贝，虽然按他们的劳动量和收益来看，挣得不多，可是他们不向任何人卑躬屈膝，不讨面包吃。我就和这个街头乐师一样，或者说，我并不和他一样，完全不一样，可是在个别意义上说，就门第和出身来说，我和他是非常相像的。我尽我的能力劳动，再大的本领我没有；有什么办法呢？没有也只好没有。

　　我之所以要谈这个街头乐师，宝贝，是因为今天我加倍地体验到自己的贫穷。我停下来看他。脑子里产生了这样的念头——为了排遣愁闷，我站住了,还有几个车夫、一个乡下姑娘、一个满身弄脏了的小女孩也停下来。街头乐师在一家窗前摆好道具。这时,我看到一个小男孩,大约有十岁样子;他本来长得挺好看,可是面容却十分憔悴,他穿着一件烂衫子,还穿着一件什么东西,光着脚站着,张着嘴听音乐——真是个孩子!他着迷地看着德国洋娃娃跳舞,可是自己的手脚都冻僵了,身上直哆嗦,嘴巴咬着袖口。我发觉,他手里有一张纸头。一位先生走过去,往街头乐师这边扔了一个小钱;硬币照直掉在四面用东西围着的箱子里,于是,从箱子里蹦出了一个和女伴们同舞的法国木偶。硬币铿锵一响,小男孩身子一振,他胆怯地环顾一下四周,而且,大概,他以为是我扔的钱,于是,他跑到我的面前,小手哆嗦着,把纸条递给我,声音颤抖地说:"字条!"我打开字条——哦,一切都明白了,上面写:"我的恩人,孩子的妈妈就要死了,三个孩子饿着肚子,求您救救我们吧;就是我死了,在阴间也不会忘记您,我的恩人,对我孩子的接济。"瞧,事情多明白,多实际,可是我能给他们什么呢?是的,我什么东西也不能给。多么叫人惋惜啊!小男孩冻得脸色惨白,发青,大概也还饿着肚子,他不会撒谎,绝不会撒谎;这我知道。不过糟糕的是,为什么这些狠心的母亲不保护孩子们,而让他们赤身裸体地在严寒中乞食呢?她也许是个傻娘儿们,没有骨气;也许,她自己偷懒,又没有人替她卖力气;也许,她当真病了。可是,总该向什么地方张罗张罗;不过,也许是一个女骗子,有意打发一个瘦骨嶙峋的孩子来欺骗人的,来糟践孩子的。这种字条能给可怜的孩子什么教育呢?他的心只会变得冷酷;他走着,跑着,乞讨着。人们来来往往,可没有人理他。他们的心是石头做的;他们的语言残酷无情。"滚开!一边去!胡闹什么!"瞧,这就是人们对他说的话,孩子的心变得冷酷了,可怜的受惊的孩子白白地在严寒中打着寒战,好像从被捣毁的鸟窝里掉下来的一只小鸟。他的手脚冻坏了;呼吸困难起来。你瞧,他已经咳嗽了；过不久，疾病就会像蛆一样钻进他的胸部，你瞧，死神不用帮助和照顾，已经站在他的面前，站在一个发臭的角落里——这就是他的一生！这是一种什么生活啊！哦，瓦莲卡，听到这种"修修好吧"的喊声却什么也不给，只能说："主会赐给你的，"就走开了，这多么叫人难受啊！有些"修修好吧"的喊声并不叫人感到难过（因为有各种不同的"修修好吧"的喊声，宝贝）。这是一长串拖得很长的、习惯了的、老有经验的、纯系叫花子的喊声；拒绝这种叫花子还不困难，因为他是以乞讨为业的老叫花子，他已经习惯这种生活，你会想，他能够混过去，而且知道怎样混过去的。可是有些"修修好吧"的喊声，却显得那样生疏，粗鲁，难听，就像今天这样：当我从男孩手里接过字条的时候，有一个站在栅栏跟前的人，不向别人乞讨，却突然对我说："老爷，修修好，给我一个小钱！"——他的声音是那样粗鲁，我不禁吓得颤抖了一下，可是我没有给他钱：我没有钱。然而阔佬们还不喜欢穷人抱怨自己的命苦,说,这抱怨声叫人心烦,叫人讨嫌!可是贫穷总是叫人讨嫌的呀——大概,喊饿的叫声会妨碍他们睡觉吧!

我要以感激的心情对您说,我的亲爱的,我开始描述这一切,一部分是为了散散心,而主要的还是想叫您看看我的好文章。因为您说过,宝贝,近来我的文体很不平常。可是现在我真苦恼,因为我对自己的想法也开始表示由衷的赞许了,虽然我知道,宝贝,这样做是没有好处的,可是心里毕竟能得到某种安慰。确实,我的亲爱的,您会常常毫无理由地糟践自己,把自己看得一文不值,看得比一根劈柴还不如。假使打个比喻来说,那么,这也许是由于下面原因产生的:我担惊受怕,好像这个向我要钱的穷孩子一样。现在我要给您打比喻说,宝贝;您听着:我的亲爱的,一大早,我忙着去上班,偶然间我被城市的苏醒、活动、炊烟、喧闹迷住了,于是,有时在这样的景致面前,你变得极其渺小,仿佛有谁对准你的好奇的鼻子敲了一下,于是你比水还安静，比草还谦卑地慢慢走自己的路了，对一切不再抱希望！现在您再仔细着看，在这些污秽的、发黑的、高大的建筑物里，究竟发生了什么事呢？您再深入观察一下，那时您就会看出，把自己看得这样渺小并且窘困不堪，是不是公正的了。您看出来了吗？瓦莲卡，我这是绕着弯说呢，不是照直说的。那么，让我们来看看，在这些房子里究竟是怎么一回事呢？在那里，在一个烟雾笼罩的小角落里，在那只是因为需要才被称之为房子的、潮湿的陋室里，有一名手艺人醒了；在梦中，比方说，他整夜梦着靴子，梦里说，昨天他不小心割破了它；仿佛一个人就该梦见这种脏东西似的！可是要知道他是手艺人，是鞋匠：因此，他想这种东西是情有可原的。他的孩子们叫着，老婆饿着肚子。可是有时并不只是鞋匠们起来时这么想，我的亲爱的。这本来也没有什么，而且这也不值得写，可是这里有一个情况，宝贝：就是在同一栋房子里，在比它高或比它低的某层楼上，在涂成金色的大厅里,有一个阔佬,夜里也梦见了靴子,不过,这是另一种式样的靴子,可仍然是靴子。因此这里,在我所指的那种意义上说,宝贝,我的亲爱的,我们都和靴匠差不多。这本来也没有什么,不过糟糕的是,竟没有一个人能在这个阔佬的身旁悄悄告诉他:"别再想靴子,想自己了,别只为自己生活,你不是靴匠,你的孩子都很结实,老婆也不用去讨饭;你看看周围,难道你不见有比自己靴子更值得关心的事吗!"这就是我想用比喻告诉您的话,瓦莲卡。这也许是一种离经叛道的思想,我的亲爱的,可是有时,这种思想就会光顾我,于是那时它就会通过激烈的言辞从内心流露出来。所以不要把自己看得一文不值,不要光凭叫喊和响动就吓得要死!最后我还要说,宝贝,您也许以为我在造谣,或者以为我悲伤过度,或者这些都是我从书上抄下来的。不,宝贝,不要这样想,绝不是这样!我厌恶造谣,也不悲伤,而且更不会抄书——这就是我要说的话!

我怀着沉重的心情走回家,坐到桌子旁边喝茶取暖,而且还准备再喝一杯茶。这时,忽然,高尔斯科夫,我们的穷邻居来看我。早晨我就发现,他老在房客们身边转,而且想来找我。宝贝,顺便告诉您,他们的情况比我还糟得多。这是自然!又是老婆,又是孩子!假使我是高尔斯科夫,可真不知道该怎么办!现在接着说下去,高尔斯科夫进来了,他鞠了一个躬,眼里泪汪汪的,像往常一样,睫毛上沾满眼屎,不住地踏着脚,说不出一句话来。我请他坐到坏椅子上,因为没有好椅子,请他喝茶。他推让了半天,最后到底拿起了茶杯。他原想不放糖就喝,因此,在我叫他放糖的时候,他又推让开了;他推辞了很久,最后总算放了一块最小的糖到自己杯子里,而且还再三说,他的茶甜极了。瞧,贫穷把人变得多么卑贱!"那么,老兄,有什么事?"我对他说。"是这样,我的恩人,马卡尔·阿列克塞维奇,请行行好吧!帮帮这个不幸的家庭;老婆孩子没有吃的;叫我这个当父亲的怎么办？"我本来想说话，可是他打断了我的话："我怕这儿的人，马卡尔·阿列克塞维奇，或者说不是怕，而是害臊，您知道吗？他们这些人都盛气凌人。"他说，"老兄，我的恩人，本来我不想来难为您：我知道您也不宽裕，我知道您也不会多给我，可是无论如何借给我一点钱吧，"他说，"我之所以敢向您借，是因为我知道您有一颗善良的心，我知道您也缺钱花，您也很困难，所以，您的心会同情别人。"最后，结束时他还说："请原谅我的冒昧和失礼，马卡尔·阿列克塞维奇。"我回答他说："我是乐意帮忙的，可是我没有钱，几乎一个子儿都没有。""老兄，马卡尔·阿列克塞维奇，"他对我说，"我要的不多，瞧，就一点儿（这时他的脸通红），十个戈比也行，老婆孩子都饿着肚子。"于是，我的心也酸了。我想，他们比我的情况糟得多！可是我一共只剩下二十个戈比了，而且我还安排了它们的用场：想做明天急用。"不，我的亲爱的，不行；我实在没有。"我说。"老兄，马卡尔·阿列克塞维奇,随便给一点吧,哪怕十个戈比也行。"于是我从抽屉里取出钱,把二十个戈比一起给了他,宝贝,这总算是件好事!瞧,这就是贫穷!渐渐地我同他畅谈起来,我问他:"老兄,您既是这么困难,为什么还要租五个银卢布一个月的房子呢?"他对我解释说,他是半年前租的,提前三个月交的房租;后来碰到这些倒霉事,他也无可奈何了。他本来希望他的案子能在这之前结束。可是事情不顺利。您知道吗,瓦莲卡,他正在吃官司。他和一个商人打官司,这个商人用一张承包合同欺骗了国家,欺骗被揭露了,商人受到审讯,可是他把高尔斯科夫也牵扯到这桩盗劫案里来了,似乎他也有干系。然而,说实在的,高尔斯科夫的过错,不过是玩忽职守、马虎粗心、严重忽略国家利益而已。案子已经拖了几年了:高尔斯科夫遇到种种障碍。"我没有犯欺骗、贪污、盗窃罪,那是强加于我的。"高尔斯科夫对我说。这件事玷污了他的名誉;他被革职了,虽然没有查出他有重大的错误,可是,在没有宣告他无罪前,他是不能从商人那里得到一笔很可观的款子的,这笔款子是他应得,而且是法庭判决给他的。我相信他,可是法庭不相信他的话;诉讼就是这样子,解开一个疙瘩,又一个疙瘩,大概一百年也解不完。案子稍微有点头绪,商人就又想法捣鬼。我真心地同情高尔斯科夫,我的亲爱的,我向他表示最深刻的同情。一个失了业的人,因为不可靠,没有地方肯留用他;原来储蓄的一点钱,都吃光了;案子还无法了结,而且最不合时宜的是,无缘无故又添了一个孩子——瞧,这也是花费;孩子病了——是花费,死了——是花费;老婆病了,他也久病不愈。总而言之,他是受苦受难,穷途潦倒。不过,他说,不久他的案子就可望有好结果了。而且现在这一点已无须怀疑。可怜啊,可怜,我非常可怜他,宝贝!我对他很亲切。他是一个孤单的受挟持的人;他在寻找庇护,所以我对他很亲切。好啦,再见,宝贝,上帝保佑您,祝您健康。我的爱!一想起您,就像喝了一剂医治心痛的特效药,虽然我为您在受苦,可是,为您受苦也是快乐的。

您的真正的朋友马卡尔·捷乌式金

9月5日

亲爱的瓦尔瓦拉·阿列克塞耶芙娜:

我情不自禁地写信给您。一桩非常事件使我万分激动。我的头发晕了。我觉得,我周围的一切都在旋转。哦,我的亲爱的,现在我告诉您什么呢?是的,我们都没有预料到这件事。不,我不相信没有预料到了;我预料到了这一切。我的心事先就感觉到了!前几天,我还在梦里见到这种事情哩。

究竟发生了什么事情呢?现在我就来不成章法地写给您,心里想到什么就写什么。今天我去上班。到了办公室,坐下来写字。可是您必须知道,宝贝,昨天我也在写字。事情是这样,昨天基莫菲·伊万诺维奇来到我跟前,亲自交代我说:"这份公文等着急用,"他说,"马卡尔·阿列克塞维奇,抄清楚点儿,快点儿,细心点儿;今天就要签字。"应该告诉您,我的小天使,昨天我有些心神不定,对任何事情都不留心;烦恼极了!心里发冷,发闷;脑子里尽是您,我的可怜的好人儿。我着手抄写起来;誊得清清楚楚,可就是不知道怎么搞的,该怎么告诉您呢?也许是鬼迷了心窍,也许是命里注定的,也许事情本来就该如此——我漏了整整一行字;面目全非了,天晓得变成什么样儿了。昨天这份公文就抄晚了,所以,今天才呈送大人签字。我今天照常上班,像没事人一样,坐到叶美尔·伊万诺维奇的身边。应该告诉您,亲爱的,近来我比以前加倍地感到羞耻和害臊了。我谁也不看。只要有人的椅子嘎吱一响,我就吓得要死。今天也是这样,我贴着桌子,安静地缩成一团坐着,忽然叶菲木·阿基莫维奇(这是一个世上独一无二的好惹是非的家伙)大声叫道:"马卡尔·阿列克塞维奇,您干吗要——这——么——坐呢?"说到这儿,他扮了一个鬼脸,于是所有坐在我和他身旁的人,都笑得前仰后合起来,显然,这是在笑我。他们笑了很久!我捂起耳朵,闭上眼睛,一动不动地坐着。这已经成了我的习惯;因为这样可以使他们很快停止嘲笑。忽然我听到一阵骚乱和跑步声;我听到——是不是我的耳朵听错了呢?有人喊我,叫我,喊捷乌式金名字。我的心颤抖起来,自己也不知道我怕的是什么;我只知道我非常害怕,有生以来还没有过的害怕。可是我仍然死死地钉在椅子上,好像那并不是叫我一样。过了一会儿,又开始叫了,而且愈来愈近。简直就在我的耳朵边:"捷乌式金!捷乌式金!捷乌式金在哪儿?"我抬起眼睛,叶夫斯达维·伊万诺维奇站在我的面前,他说:"马卡尔·阿列克塞维奇,快到大人那里去!您抄错了公文!"就说这一句话,就足够了,对吗?宝贝,就足够了!我吓得面无人色,浑身发冷,失掉知觉,我走着——可是已经是半死不活地走了。我被带着走过一个房间,又过一个房间,第三个房间,最后来到大人的办公室!我不能准确告诉您，当时我想些什么。我看到，大人站着，他旁边也是一些大人。我好像没有鞠躬，忘记了。我惊慌万分，嘴唇打战，腿发抖。宝贝，这是因为，第一，我害臊；我望了一下右边的镜子，我看到镜子里自己那副模样，简直要发疯了。第二，我常常做出不让别人觉得我在世界上存在的样子，所以，大人几乎并不知道我的存在。也许，他偶然听到过在他的局里有一个捷乌式金，可是从来没有发生过这样密切的联系。

他开始很生气："这是怎么搞的，先生？您干什么去了？公文等着急用，您却抄错了。您是怎么搞的！"说到这儿，大人转向叶夫斯达维·伊万诺维奇。只有几个字音钻进我耳朵里："疏忽！大意！真叫人生气！"我张开嘴想说话。想请求他的宽恕，可是却说不出来，走开吧——我不敢，于是就在这时……这时，宝贝，发生了一件事；就是此刻我还羞于下笔来叙述它。我的一颗扣子——见它的鬼吧——我的那颗挂在一根线上的扣子——忽然掉了,它蹦着、跳着(显然,我无意中碰上了它),响着,一直滚到大人的脚跟前,这个该死的东西,而且这件事恰好发生在谈话中止的时间!于是它就成为我的完整的"辩护词",成为我想对大人说的全部"回话"!影响糟透了!大人立刻注意到我身上的衣服。我记起我在镜子里看到的模样:我跑过去抓扣子!真蠢!我弯下腰,想要抓住扣子,可是它滚着,旋转着,我不能抓住它,总之,在灵巧这方面,我是大出风头了。于是,我突然觉得,自己一点儿力气也没有了,一切都完了!名誉完了,人也完了!这时我耳朵里忽然响起铁列莎和法尔东尼的声音,谣言散布开来。最后,我终于抓住扣子,直起腰,站起来,是的,假如是个傻瓜,我就应该这样立正站着就好了!可是,不,我开始把扣子往断了的线头上穿,仿佛这样它就可以不再掉下来似的;况且我还微笑着,微笑着。大人起初掉转了脸,后来又望我一眼——我听到他对叶夫斯达维·伊万诺维奇说:"怎么搞的?……您看他什么样子?……他究竟是什么人!……"哦,我的亲爱的,这是什么话呀——"他究竟是什么人?"我可大出风头了!我听见叶夫斯达维·伊万诺维奇说:"品行端正,没有发现不规举动,薪水够用,工资额……""那么,想法救济一下,"大人说,"先预支他一点……""预支过了,据说,预支了不少。情况大致就是如此,可是品性好,从来没有不规举动。"这时,我的小天使,我浑身发热,仿佛在烈火中燃烧似的!我羞死了!"那么,"大人高声说,"赶快再抄一遍。捷乌式金,到这边来,准确无误地重新抄写一遍,听见了吗?……"大人说完话就转身向其余的人,他做了各种吩咐,然后大家就走出去。他们一走,大人就迅速地取出一个存款本,从里面撕下一张一百卢布的支票,说:"给您,只能帮这一次,算计着用……"于是他把支票塞到我手里。我的小天使,我浑身哆嗦了一下,整个心都震荡了;我不知道我怎么啦;我想抓住他的手。可是他的脸红了,我的亲爱的，是的——这几句都是实话，我的亲爱的：他拿起我的卑贱的手，握了握，就这样拿起握了握；好像对一个和他平等的人那样，好像对一个和他同等的大人物那样。"现在去吧，"他说，"我只能帮这一次……别再抄错了，这回不追究了。"

现在，宝贝，我是这样决定的：我请求您和菲朵拉，如果我有孩子的话，那我就要吩咐他们，要他们为大人，而不是为生身的父亲对天祈祷，天天祈祷，永世祈祷！还要告诉您，宝贝，庄重地告诉您：仔细听着，宝贝——我发誓，尽管在我们的艰难困苦的岁月里，看到您和您的灾难，看到我和我的卑贱无能，很使我伤心，但是我要向您发誓，我并不看重这一百卢布，我所珍贵的是，大人竟肯握我这样一个懦夫的、酒鬼的手！这使我恢复了理智。他用这种举动恢复了我的理智，使我永生快乐。我确信，即使我在上帝面前是有罪的，但是我为大人的幸福和安康所做的祈祷，是能上达天庭的！……

宝贝！现在我的心情非常乱，非常激动！我的心跳着，好像要从胸膛里蹦出来似的。我浑身酸软。寄给你四十五个纸卢布，二十个卢布我给了女房东，自己还留下三十五个卢布；其中二十个卢布用来修补衣服，十五个卢布留作生活日用。可是现在，早晨的这些印象，震动了我的整个生活。我要躺会儿。不过，我放心了，放心了。只是心还在痛，而且我听到，它在深处颤抖着。我去看您；可是现在这一切感觉简直使我醉了……上帝有眼，我的宝贝，我的爱，我的无价之宝！

您的可尊敬的朋友

马卡尔·捷乌式金

9月9日

我的亲爱的马卡尔·阿列克塞维奇：

我为您的幸福感到说不出的高兴，我会明白您的上司的美德的，我的朋友。现在，您可以暂时摆脱窘境了！不过，看上帝面上，别再乱花钱。尽可能俭省地过,从今天起要经常储蓄一点钱,免得再遭到意外的不幸。看上帝面上,别为我操心。我同菲朵拉好歹可以过活。您干吗给我这么多钱呢,马卡尔·阿列克塞维奇?我们不需要。我们自己的钱就够花了。是的,不久我们需要一笔搬家费,可是菲朵拉指望别人还她一笔旧债。不过,我给自己留下二十个卢布作急用。剩下的还寄给您。请把钱保存起来,马卡尔·阿列克塞维奇。再见。现在安静地生活吧,祝您健康、快乐。我本来想多写一点,可是觉得十分疲倦,昨天一天我没有起床。您答应来看我,很好。来看我吧,马卡尔·阿列克塞维奇。

瓦·朵

9月10日

我的亲爱的瓦尔瓦拉·阿列克塞耶芙娜:

我恳求您,我的亲爱的,现在,正当我非常幸福、非常快乐的时刻,不要同我分开吧。我的爱！您不要听菲朵拉的话，我要做一切合乎您的心意的事；我将改过自新，即使出于对大人的尊敬，我也要改过自新；我们彼此可以再写愉快的信，诉说我们彼此的思想，我们的快乐，我们的忧虑，如果有忧虑的话；我们会生活得加倍地和睦和幸福。一起读小说……我的小天使！我的命运改变了，一切都变好了。女房东好说话了，铁列莎也聪明了，就连法尔东尼也变得勤快起来。我同拉达价耶夫和解了。我高兴得自己去找他。他确实是个好小子，宝贝，别人说他的那些坏话，全是造谣。现在我发现，这一切全是可憎的谗言。他根本就没有想描写我们的念头：这是他自己说的。他给我读了一部新作品。至于他以前叫我 LoBelac，那也不是什么骂人的或不体面的称呼：他向我解释过了。这是一个外国字的译音，意思是伶俐的小伙子，说得好听一点儿，文雅一点儿，意思就是小伙子，因此不要胡说乱套，瞧，就是这个意思！而不是什么别的意思。是个没有恶意的玩笑，我的小天使。可是我是个不学无术的人，竟因一时的愚蠢就生了气。刚才我已经向他道歉了……瓦莲卡，今天的天气多好啊，对吧？不错，早晨下了点毛毛雨，好像用筛子筛出来的。可是这没有关系！这样空气会更新鲜一点儿。我出去买靴子，买了一双很漂亮的靴子。我在涅夫斯基街上走了一趟。我读了《蜜蜂报》。对了！我忘记告诉您一件重要事，是这样的：今天早晨我跟叶美尔·伊万诺维奇和阿克舍基·米哈依洛维奇谈到了大人。是的，瓦莲卡，他不仅对我这样仁慈。他不仅接济我一人，全世界都知道，他有一颗善良的心。人们对他的颂扬来自各地，他使人感激涕零。他养过一个孤女，替她安排好一切：他把她嫁给一位知名人士，一个在大人那儿担任特殊使命的文官。他把一个寡妇的儿子安插在某个办公厅里当差。他还做了许多善事。因此，宝贝，我认为我应当尽我的力量向人们讲述大人的善行；我对他们毫无隐瞒地说了一切。我把羞耻心放进口袋里了。在这种情况下，还有什么羞耻、什么名誉可言呢!这样宣传只会增加大人的荣誉!我兴致勃勃地说着,脸一点儿也不红,相反,我还为我能说出这件事而感到骄傲。我把什么事情都说了(只是有意地避开说您,宝贝),我谈到我的女房东,谈到法尔东尼,谈到拉达价耶夫,谈到靴子,谈到马尔科夫——我说了一切。有人偶尔挤眉弄眼地笑笑,是的,的确,他们都在挤眉弄眼地笑。不过,这大概是因为他们在我身上发现了什么可笑的东西,要不,就是笑我的靴子——就是笑靴子。他们不可能有什么恶意。不,或许是由于他们年轻,或许是由于他们都是阔佬,但无论如何,他们是不敢嘲笑我的谈话的。因为这是关系到大人的事——他们是绝不敢这样做的。对吗,瓦莲卡?

不知怎么的,直到现在我还不能冷静下来,宝贝。我被发生的这些事弄糊涂了!您有没有柴火烧?千万别着凉,瓦莲卡;随时都可能着凉的。哦,我的宝贝,您的忧郁的思想使我苦恼极了。我要向上帝祈祷,我要为您向它祈祷,宝贝!譬如说，您有没有长筒毛线袜子呢？或者您有没有一件厚一点的衣服呢？当心点儿，我的爱。如果您需要什么东西，看上帝面上，别叫我这个老头子受委屈，您照直说吧！现在困难的日子过去了。您别为我操心。前面是光辉灿烂的！

可是曾经有一段痛苦的时间，瓦莲卡！不过不管怎样，它已经过去了！岁月流逝着，于是，就是对于这段时间，我们也会怀念起来。我想起自己的青年时代。真是有趣！有时连一个子儿都没有。寒冷，饥饿，可是很痛快，什么也不想。早晨你沿着涅沃斯基街走一趟，看到一张美丽的小脸蛋儿，于是一整天你都感到快乐。过去是可爱的，是美好的，宝贝！生活在人世是多么好啊，瓦莲卡！特别是生活在彼得堡。昨天我含泪在上帝面前忏悔，恳求他饶恕我在这悲伤的时间所犯下的罪过：埋怨、吵闹、偏激、离经叛道。在祈祷时，我记起了您那可爱的面孔。我的小天使，唯有您鼓励了我，安慰了我，并给我以有益的劝告和教诲。宝贝，我永远不会忘记这个。今天我吻了您的全部来信,我的亲爱的!好啦,再见,宝贝。据说,离这里不远,有卖连衣裙的。我就去看看。再会,小天使,再会!

>您的真诚的朋友
>马卡尔·捷乌式金
>9月11日

马卡尔·阿列克塞维奇先生:

我非常激动。您听着,我们这儿出了事。我预感到会发生一桩不幸的事。您自己想想看,我的珍贵的朋友!贝珂夫先生在彼得堡。菲朵拉碰到他了。他正坐在车子上,于是他叫马车停下来,自己走到菲朵拉面前,打听她的住址。菲朵拉起初没有说。后来他冷笑了一下,说道,他知道谁在她那里住(显然是安娜·菲朵萝芙娜把一切告诉他的)。这时菲朵拉忍不住,就当街训起他来,她说,他是一个没有道德的人,他是我的一切灾难的根源。可是他回答说,一个一文钱没有的人,当然不会幸福。菲朵拉说他,我本来可以靠劳动过活,可以嫁人,或者谋个差事做做,可是现在我的幸福永远失掉了。并且她还说,我病得很厉害,而且快要死了。听到这里,他说道,我还很年轻,我的脑子里还在发酵,所以我的美德也受到蒙蔽(这是他的话)。我和菲朵拉以为,他不会知道我们的住址的,可是昨天,我刚出门到商场买东西,他就忽然来到我们房里;他显然是不愿意在家里碰到我。他用很长时间向菲朵拉盘问我们的生活;仔细地看了房里的一切;又看了我的手工,最后问道:"你们认识的那个职员是什么人?"恰好这时,您路过院子;菲朵拉就把您指给他看;他望了一眼,冷笑了一下;菲朵拉一再请他离开,对他说:我这就够痛心了,要是再看到他在我们这儿,我会非常不愉快的。他没有作声;过了一会儿说道,他是因为没有事做才到这儿来的,他想给菲朵拉二十五个卢布;菲朵拉当然没有接受。这是什么意思呢?他为什么到我们这儿来呢？我不明白他怎么会知道我们的一切！我猜不透。菲朵拉说，她的小姑子，阿克西妮娅来过我们这里，她呢，又认识一个洗衣女工，娜丝达西娅，而娜丝达西娅的堂兄是某部一个司里的看门的，安娜·菲朵萝芙娜的侄儿的一个朋友，就在那个司里当差，谣言大概就从这里传出去的吧？不过，也很可能是菲朵拉弄错了；我们不知道该怎么办。莫非他还会到我们这儿来？一想到这些，我就害怕！昨天当菲朵拉把这件事情告诉我的时候，我吓坏了，怕得险些儿没有昏倒。他们还要什么呢？我现在不想知道这些！我，一个穷人，和他们有什么相干！哦！现在我是多么恐惧啊；我甚至觉得，贝珂夫马上就会来了。我该怎么办呢？我还会遇到什么厄运呢？看耶稣面上，马上到我这边来吧，马卡尔·阿列克塞维奇，来吧，看上帝面上，来吧。

瓦·朵

9月15日

宝贝，瓦尔瓦拉·阿列克塞耶芙娜：

今天我们楼里发生了一件非常悲惨的、无法解释的意外事件。我们的可怜的高尔斯科夫（应该告诉您，宝贝）的冤情大白了。判决书好像早就下了，可是他今天去听最后宣判。官司打赢了。他的疏忽和大意的罪过得到了宽恕。此外还判决他有权从商人那里取回一大笔款子，这样他的情况就大大好转了，而且他的人格也没有受到玷污，一切都变好了。总而言之，得到最理想的结局。今天三点钟的时候，他回到家里。他的脸上没有一点血色，苍白得像块白布，他的嘴唇发抖，然而却微笑着——他拥抱了妻子和孩子们。我们大家一齐拥上去向他祝贺。我们的举动使他非常激动，他向四面八方点头，数次握我们每个人的手。我甚至觉得，他个儿也长得高了，腰也伸直了，眼睛里也没有了泪水。可怜的人，他简直兴奋透顶。他不能安静地待上两分钟；他顺手抓住一样东西，然后又摔掉，他不停地微笑着，点着头，坐下，站起来，又坐下，天晓得他说些什么——他说:"我的名誉,名誉,好名誉,我的孩子们。"他的声音激动极了!甚至哭起来。我们大部分人都落泪了。拉达价耶夫显然想要使他打起精神来,于是说道:"老兄,没有吃的,就谈不上名誉;钱,老兄,钱是主要的;这才是您应该感谢上帝的原因!"说到这里,他拍一拍他的肩头。我觉得,高尔斯科夫生气了。虽然他没有直接表示不满,可是却似乎有点奇怪地望了望拉达价耶夫,而且把他的手从自己肩头上拿下来。可是从前是不会有这种事的,宝贝!不过,个性各有不同。比如我吧,在快乐的时候,就不会表现得这么傲慢;这是因为,我的亲爱的,有时你表现得过分谦卑,不外乎是善心的发作和过分的心软……不过,现在不是谈我!"是的,"他说,"钱也是好东西,谢天谢地,谢天谢地!……"随后在我们待在他房里的全部时间,他反复地说着:"谢天谢天,谢天谢地!……"他的妻子定了一桌比较丰盛的午餐,我们的女房东亲自替他们做饭。我们的女房东在某种程度上来说,还是一个好女人。一直到开饭前,高尔斯科夫都不能安静地坐一会儿。他跑遍所有的房间,不管人家请不请他。他走进去,笑一笑,在凳子上坐一坐,说几句话,有时连话也不说就又走出去。在海军少尉那里,他甚至还拿起牌来;人们请他凑上一局。他玩了一会儿,瞎搅一阵,出了三四张牌,就不玩了。"不行,"他说,"我就是这样,我只能这样。"说完他就离开了他们。我在走廊里碰到了他,他抓住我的双手,直勾勾地望着我的眼睛,不过眼神很特别;他握握我的手,笑着走开去,可是不知怎的,这笑容却显得奇怪而且迟钝,仿佛一具死尸似的。他的妻子快乐得哭起来;他们那儿一切都是快乐的,喜气洋洋的。他们很快吃了午饭。午饭后,他对妻子说:"听着,心肝儿,我要躺一会儿。"于是就躺到床上。他把小女儿叫到身边,用手摸摸她的头,然后又久久地抚摸着婴儿的脑袋。这之后,他对妻子说:"彼加卡呢?我们的彼加卡到哪儿去了?……"

妻子画了一个十字，回答说："他不是已经死了吗？""是的，是的，我知道，我都知道，彼加卡现在在天堂呢。"妻子看他太高兴了，发生的事大大震动了他，于是就对他说道："心肝儿，您顶好睡一会儿。""是的，好，我马上就睡……"这时他翻过身去，躺了一会儿；然后又转过身来，想说什么。妻子没有听清楚，问他："您说什么，我的亲人？"可是他没有回答。她等了一会儿——她想，大概睡着了，于是自己就到女房东那边坐去了。过了一个钟头她回来了——看到丈夫还没有醒来，躺着一动不动。她以为他睡着了，就坐下来，开始做活儿。她说，她做了约莫半个小时的活儿，心里想了许多事情，甚至此刻她都记不起当时她想了些什么，她只说，当时她忘记了丈夫。可是突然她心慌意乱起来，首先是房子里死一般的寂静使她大为震惊。她望望床，看到丈夫老是一个姿势躺着。她就走到他跟前，掀开被子，看到——他已经僵了——死了，宝贝，高尔斯科夫死了，突然死了,好像被雷劈死了似的!为什么会死——天晓得。这使我失魂落魄,瓦莲卡,一直到现在我还不能镇静下来。一个人就这么轻易地死了,真叫人难以相信。高尔斯科夫真可怜,也真倒霉!哦,命运,这就是命运!妻子痛哭流涕,惊慌失措。小姑娘躲到屋角。他们那里乱糟糟的;马上就要验尸……可是我不能确切地告诉您了。不过,太悲惨了。哦,真是悲惨!想到就这样,根本不知道在哪一天、哪一个时辰……你就会无缘无故地死去,真叫人伤心……

您的马卡尔·捷乌式金
9月18日

瓦尔瓦拉·阿列克塞耶芙娜女士:

我要马上通知您,我的朋友,拉达价耶夫在一个作家那儿给我找了一些活儿来。有一个人来看他,给他带来了厚厚的一本手稿——谢天谢地,有好多活儿干了。就是写得太潦草,真不知道该怎样动手抄;他们要我快点儿抄。稿纸上写的你似乎都不懂……说妥抄一页是四十个戈比。我给您写这封信的原因,我的亲爱的,就是我们将要得到额外的收入了。好啦,现在再见,宝贝。我这就动手抄。

> 您的忠实的朋友
> 马卡尔·捷乌式金
> 9月19日

我的亲爱的朋友,马卡尔·阿列克塞维奇:

我已经三天没有给您写信了,我的朋友,我有许多许多忧虑和烦恼。

大前天贝珂夫到我这儿来了。那时就我一个人在家,菲朵拉出去了。我开了门,一见是他,就吓坏了,我一动不动地站着。我觉得,我的脸色苍白。他像往常那样大声笑着走进来,端过一把椅子,坐下。我好长时间没有镇静下来,最后我在一个角落里坐下来做活儿了。不久他就停止了笑。好像是我的外貌使他吃惊了。近来我消瘦得特别厉害；我的两颊和眼睛陷下去，脸色苍白得像块白布……确实，叫一个一年前见过我的人现在认出我来，是实在困难的。他久久地、专心致志地打量着我，最后他又快活起来。他说了一些话；我不记得我是怎么回答他的，他又大笑起来。他在我这里坐了整整一个小时；同我谈了很久；偶尔也提几个问题。最后，临走前，他握住我的手，说（我一字不漏地写给您）："瓦尔瓦拉·阿列克塞耶芙娜！这是我们俩说，安娜·菲朵萝芙娜，您的亲戚，我的好朋友，是个很坏的女人。"（说到这儿，他还用了一个很难听的字眼称呼她。）"她把您的表妹引入歧途，而且还糟蹋了您。要说我在这个事件中的作用，至多不过是个下流胚，然而，这是平常事。"说到这儿，他敞开嗓门哈哈大笑了。随后他又说，他不是一个演说家，而主要的是，应该说明白，道德上的责任感要求他说明白；接着他就简单地做了些说明。然后,他很快转到另一个题目上:他对我说,他要向我求婚,他认为恢复我的名誉是他的责任,他说他很有钱,说婚后他可以带我到他那草原上的乡村去,说他想在那里用狗追捕兔子;他说他再也不到彼得堡来了;因为彼得堡的一切都可恶,他说,在这儿,在彼得堡,有他的一个不成器的侄子,用他的话说,他起誓要取消他的继承权,所以正是为这个原因:想找一个合法的继承人,他才向我求婚,他说,这是他求婚的主要目的。随后他又说,我的日子实在过得太苦了,就我住在这样破烂的房子里,不病才是怪事,他断定我在这儿住不到一个月就会死去;他说,彼得堡的房子都很坏,而且最后还问我需要什么东西不?

他的求婚使我异常吃惊,自己也不知道为什么会哭。他把我的眼泪当成感激的表示,于是对我说道,他一直相信,我是个善良的、有感情的、有知识的姑娘,不过,在没有详细了解我现在的品行之前,他是不会做这个决定的。说到这儿,他问起了您,他说,他全知道了,您是一个正人君子,他说,他从自己方面来说,不想欠您的债,他说,用五百卢布来偿还您为我做的一切够不够?当我对他说明,您为我做的那一切是用任何金钱都买不到的时候,他对我说,这纯粹是瞎话,是小说上的话,他说我还年轻,并且读诗,他说小说会毁掉年轻的姑娘的,说书只会败坏道德,说他就不愿意看书;他劝我活到他那么大年纪时再来议论人;"那时,"他说,"您才能够认出好人或坏人。"随后他说,希望我能考虑他的请求,假使我在走这重要的一步时不慎重,那他会十分不愉快的。之后他又接着说,浮躁和冲动会毁掉一个没有经验的年轻人,可是他非常希望我能给他一个圆满的答复,否则,他就不得不娶莫斯科的一个女商贩了。"因为,"他说,"我起誓要取消那个不成器的侄儿的继承权。"然后他在我的绣架上硬留下五百卢布,照他的话说,是要我买糖吃;他说,我在农村会像面饼似的发胖的,说我在他那儿可以随心所欲地享受,说他现在非常非常忙，说他整天忙事务，说他现在是抽空到我这儿来的。说到这儿，他就走了。我想了很久，考虑了很多，我想得苦恼透了，我的朋友，最后我决定了。我的朋友，我嫁给他，我应该同意他的求婚。假如说还有人能洗去我的耻辱，能恢复我的好名誉，能使我摆脱贫困和不幸，唯一的就是他。对于将来，我还能希望什么呢？我还能向命运要求什么呢？菲朵拉说，不应该丢掉自己的幸福；她说，在这种情况下也只能如此。我的珍贵的朋友，至少我看不见有另外可走的路。我有什么办法呢？就这样劳动，我的身体已经受不住了；经常劳动更不行。给人家帮工吗？我会憋死的，况且我不会取悦于人。我天生有病，所以，我永远是别人的累赘。当然，就是此刻我也不是去上天堂，可是我有什么办法呢，我的朋友，我有什么办法呢？我有什么路可走呢？

我不是征求您的意见。我想自个儿考虑。您现在看到的这个决定，是不能更改了，我马上就要把这个决定告诉贝珂夫,本来他已经催我做最后决定了。他说,他的事情很急,他需要离开彼得堡。不能因为琐事而耽搁了正事。上帝知道,我不会幸福的,因为我的命运在它那神圣的、不可知的权力中,但我决定这样做了。据说,贝珂夫是个好人;他会尊敬我;也许,我也会尊敬他。那么对于这种婚姻还能有什么奢望呢?

我已经把一切通知您了,马卡尔·阿列克塞维奇。我相信,您会了解我的苦衷。别劝我改变主意吧。您的努力将是徒劳无益的。请您在自己的心里估量一下那迫使我这样做的各种原因吧。起初我非常苦恼,可是现在我平静了。前途怎样,我不知道。是祸躲不脱,躲脱不是祸,听凭上帝的安排吧!……

贝珂夫来了;信写不完了。我还想告诉您许多事。贝珂夫已经到房里来了!

瓦·朵

9月23日

宝贝，瓦尔瓦拉·阿列克塞耶芙娜：

宝贝，我要马上给您回信；宝贝，我要马上向您声明，我非常吃惊。似乎这一切都不那个……昨天我们埋葬了高尔斯科夫。是的，是这样，瓦莲卡，是这样的；贝珂夫的行为是光明磊落的；不过，您要知道，我的亲爱的，您也会同意。当然，一切都是上帝的意志；是这样，应该是这样，在这里也应该是上帝的意志；当然，创世主的意旨是既善良而又不可知的，命运也是这样，它们和创世主的意旨一样，是同一类东西。菲朵拉也对您抱有同情，当然，您会幸福的，宝贝，您会不缺吃不缺穿，我的亲爱的，我的好人儿，我的百看不厌的美人儿，我的小天使，不过您要知道，瓦莲卡，干吗要这样匆忙？……是的，有事情……贝珂夫先生有事情，当然，谁没有事情，他也会有事情……我见过他，当他从您那里走出来的时候。一个出众的男子，甚至可以说是非常出众的男子。不过这一切好像都不对头，问题倒不在于他是不是一个出众的男子，是的，现在我仿佛有点不能自持了。不过以后我们彼此还怎么通信呢？我，我怎么能独自留在这里？我的小天使，我全估量了，全估量了您在信中给我写的那些原因，我在心里全估量了。我已经抄了二十页稿子，可是就在这时候发生了这件事！宝贝，您不是要走了吗，那您一定得置办一些东西，各种式样的鞋子、衣服，而我恰好熟悉戈洛霍维街的一个商店；您记得吗，我还给您详详细细地描写过，哦不！宝贝，您怎么啦，您怎么能这样！要知道您现在不能旅行，根本不能旅行。要知道您需要买很多东西，而且还要弄一辆马车。况且现在天气很坏，您看，正在下着倾盆大雨，这样潮湿的雨；而且还有……还有，您会冻着的，我的小天使；您的心将会发冷的！要知道您怕生人，可您却要走。而我独自留在这里，还有什么意思呢？是的，菲朵拉说，最大的幸福在等待着您……可是，要知道她是一个泼妇，而且她想害我。您今天去做彻夜祈祷吗，宝贝？我想去看您。

这个当真,宝贝,确实不错,您是一个有学识、有感情的贤淑姑娘,不过,顶好让他去娶那个女商贩吧!您怎样想呢,宝贝?最好让他去娶女商贩!我的瓦莲卡,天一黑,我就到您那里待一个小时。现在天黑得早了,我一定到您那里去。宝贝,我今天一定到您那里待个把小时。您现在大概在等贝珂夫吧,可是他一走,那时……等着我,宝贝,我一定去……

马卡尔·捷乌式金
9月23日

我的朋友马卡尔·阿列克塞维奇:

贝珂夫先生说,我必须有三打荷兰亚麻布衬衫。所以需要尽快地找几个女裁缝先做两打,可是我们的时间很少啦。贝珂夫先生生气了。说,做这些衬衫太麻烦。再过五天我们就结婚了,婚后第二天我们就出发,贝珂夫先生催得很紧,他说,不必在琐碎事情上浪费很多时间，我累得要死，简直站都站不住了。事情一大堆，真的，如果没有这些事倒好些。还有，我们的丝花边和普通花边不够用了，需要再买一点，因为贝珂夫先生说，他不愿意自己的妻子穿得像个厨娘似的。说我应该叫"那些地主婆们望尘莫及"。这是他自己说的。所以，马卡尔·阿列克塞维奇，请您到戈洛霍维街的希芳太太那儿去一趟。请她，第一，给我们找几个女裁缝来；第二，麻烦她亲自来一趟。今天我病了。我们的新房子很冷，而且毫无秩序。贝珂夫先生的姑母老得只剩下一口气了。我真怕她会在我们离开前就死去，可是贝珂夫先生说，没有关系，她会醒来的。我们的房子简直乱极了。贝珂夫先生不同我们一起住，人都跑光了，天晓得他们到什么地方去了。现在还是菲朵拉一个人服侍我，而贝珂夫先生的那个总管事，已经三天不见面了。贝珂夫先生每天早晨来，他总是发脾气，而且昨天还动手打了管房子的人，为这他和警察闹了一场……现在竟连一个给您送信的人都找不到了。我只好邮寄了。对了！我差一点忘了一件最重要的事。请您告诉希芳太太，要她务必考虑昨天的样品，换掉丝花边，而且请她把新选定的东西亲自送来，让我看看。并且还要告诉她，我不想照原定的样子做那件不带袖子的短上衣了；我想请她在上面用合股线刺绣。还有，手帕上的花字一定要锁针绣法；您听见了吗，锁针绣法，而不是平面绣法，当心别搞错。锁针绣法！还有一件事差点儿忘了！请转告她，看上帝面上，女式披肩上的小叶子要做高起来的，植物上的卷须和针刺要用单干形绣，其次领子要用花边或者宽绦边镶边。请转告她，马卡尔·阿列克塞维奇。

> 您的瓦·朵
> 9月27日

附：我真害臊，总是来麻烦您。您已经跑了整整三个早晨了。可是有什么办法呢！我们这儿没有一点儿秩序,我自己又生病。所以别抱怨我,马卡尔·阿列克塞维奇。真苦恼!哦,将来会怎么样呢,我的朋友,我的亲爱的,我的好心的马卡尔·阿列克塞维奇!我怕想到我的未来。我老是预感到一种东西,而且我仿佛是迷迷糊糊地活着。

又附:看上帝面上,我的朋友,别忘记我刚才对您说的那些事情。我生怕您会弄错。记住,要锁针绣法,不要平面绣法。

瓦尔瓦拉·阿列克塞耶芙娜女士:

您的委托都照办了。希芳太太说,她也想用锁针绣法做;说这样更体面些,是不是这样,我可不知道了,我听得不大清楚。还有,您信里说的绉边,她也谈到了。只是我忘记她怎么给我说绉边的了。宝贝。我只记得,她说了许多话:真是一个讨厌的娘儿们!究竟是些什么话呢?让她自己告诉您吧。我的宝贝,我实在太疲倦了。今天我没有上班。我的亲爱的,不过,您失望也是无济于事的。为了您的平静,我愿意跑遍所有的商店。您来信说,您害怕想到未来。可是今天七点钟,您就会知道一切了。希芳太太要亲自来看您。所以您不要失望;要有信心,宝贝;碰巧一切会变好呢——所以应该有信心。至于那个,我老在想这该死的绦边——够了,这绦边把我烦死了!我的小天使,我很想去看您,我一定去看您;而且我已经两次走到您的门口。可是贝珂夫总是,我是想说,贝珂夫先生总是那样气冲冲的,所以也就只好不去……瞧,就是这个原因!

马卡尔·捷乌式金
9月27日

马卡尔·阿列克塞维奇先生:

看上帝面上,请您马上到珠宝商那里去一趟。告诉他,珍珠和翡翠的耳环不用做了。贝珂夫先生说,这太阔气了,买不起。他发了脾气,说就这样他已经花了不少钱,说我们抢劫他,昨天他还说,要是他事先知道要这么大的花销，他就不结婚了。他说，等结婚仪式一举行，我们马上就出发，说他不准备请客，叫我不要指望搞什么跳舞会，说离好日子还远哩。您瞧他说些什么话！上帝有眼，这一切难道是我要的吗！这都是贝珂夫先生自己定下的。我不敢回他话，他是一个非常暴躁的人。我以后的日子可怎么过呀！

瓦·朵
9月28日

我的爱，瓦尔瓦拉·阿列克塞耶芙娜：

我——也就是说珠宝商说——很好；可是起初我想说自己，我病了，不能起床了。现在，正当最忙的时候，我却着了凉，真是冤家路窄！还要告诉您，除了我的不幸以外，大人变得严厉起来，他对叶美尔·伊万诺维奇大发脾气，向他嚷嚷，最后他简直弄得疲惫不堪了，可怜的人。瞧我已经把一切都告诉您了，本想再给您写点什么，又怕麻烦您。宝贝。要知道,我是一个愚蠢而简单的人。脑子里想起什么就写什么,所以,有些地方可能使您不满意——瞧,这又扯到哪儿去了!

您的马卡尔·捷乌式金

9月28日

瓦尔瓦拉·阿列克塞耶芙娜,我的亲爱的:

今天我见到了菲朵拉,我的亲爱的。她说,明天你们就要举行结婚仪式了,后天你们就出发,说贝珂夫先生已经雇好了马车。关于大人的情况,我已经告诉您了,宝贝。还有,我已经查对过戈洛霍维街的那家商店的账单!没有错,就是太贵了。不过贝珂夫先生为什么要对您发脾气呢?好啦,祝您幸福,宝贝!我快乐,是的,我会快乐的,只要您幸福就成。我本来要上教堂去的。宝贝,可是不行,腰痛。瞧,我还要说信的事:现在谁还为我们传递信件呢,宝贝?是的,您给了菲朵拉一些恩惠,我的亲爱的!您做了一桩善事,我的朋友;您做得对。真是一桩善事!而上帝会为每桩善事赐福给您的。善有善报,善行迟早会得到上帝的公正的裁判的。宝贝!我想给您写许多东西,这样,每个小时、每一分钟,不停地写!我这儿还有您的一本书——《白尔金的故事》,那么您不要拿走了,知道吗,宝贝?把它送给我吧,我的亲爱的。这倒不是因为我很想读它。您自己知道,宝贝,冬天要到了;晚上的时间很长;心里难过的时候就读一读它。宝贝,我要从我的房子搬到您住过的那间房子去住了,我将向菲朵拉租赁。现在我是再也不会和这个诚实的女人分开了;况且她还是个很能干活儿的女人。昨天我仔细地看了您住过的房间。原来放绣架的墙角,仍然摆着绣架,而且上面还有绣成的花儿。我仔细地看了您的刺绣。旁边还有花花绿绿的碎布头。您开始用给我的一封信缠线了。在一张小桌子上,我发现了一个纸头,上面写着:"马卡尔·阿列克塞维奇先生,我要马上"——就写了这么几个字。显然,在最有意思的地方有人打断了您。在屏风后面的角落里摆着您的小床……我的亲爱的！好，再见；看在上帝面上，尽快地给我写点什么，作为对我这封信的回答吧！

马卡尔·捷乌式金

9月29日

我的珍贵的朋友，马卡尔·阿列克塞维奇：

一切都完成了！我的命运已经决定了；我不知道这是什么命运，可是我服从上帝的意志。明天我们就要走了。最后一次向您告别，我的珍贵的朋友，我的恩人，我的亲爱的！不要为我难过，愉快地生活吧，记住我，上帝会降福给您的！我会常常想起您，并且为您祈祷。这个时期算完结了！在新的生活中，我只能从往事的回忆里得到某些安慰；那些对于您的回忆，将会变得对我愈发珍贵，您在我的心目中将变得崇高无比。您是我唯一的朋友，这里只有您一个人爱我。我看到这一切，我知道您是怎样爱着我！我的一笑，我的一行字，都会使您幸福。您现在需要离开我而生活了！您独自留在这里是多么孤独啊！您为谁留在这儿呢，我的珍贵的、好心的、唯一的朋友？书，绣架，一封刚开头的信，都留给您；当您以后打开这封信的时候，您就设想着读到下面的话：那是您想从我这里听到或读到的话，那是我会写的，然而此刻却没有写上的话！记住您的可怜的瓦莲卡，她是非常非常爱您的。您写的全部信，我都放在菲朵拉柜里最上面的一个抽屉里。您来信说，您病了，可是今天贝珂夫先生不放我出去。我以后一定给您写信，我的朋友，我保证，但是天知道以后会怎么样。所以，现在我们得永别了，我的朋友，我的爱，我的亲爱的，永别了！……哦，现在我能拥抱您一下该有多好啊！再见，我的朋友，再见，再见……愉快地生活吧；祝您健康。我永远为您祈祷。哦！我多么忧伤，多么难过啊。贝珂夫先生叫我。再见！

永远爱您的瓦
9月30日

附：我的心非常、非常沉重，充满了泪水……眼泪使我窒息，使我心碎！再见。天啊！多么愁煞人也！

记住，记住您的可怜的瓦莲卡！

宝贝，瓦莲卡，我的亲爱的，我的无价之宝：

您要走了，您要被人带走了！是的，此刻与其让他们把您从我的身边带走，还不如叫他们把我的心挖出来！您怎么能这样呢！瞧，您在哭，可您又要走！瞧，您的这封来信，沾满了眼泪。所以，您不想走；所以，您是被强迫带走的；所以，您可怜我；所以，您爱我！您将怎样，您将和什么人在一起过活呢？您的心会感到忧伤，苦恼，寒冷。忧伤将会吸干您心中的血，悲哀将会撕碎您的心。您会在那里死掉，您会被埋在潮湿的泥土里；没有一个人哭您！贝珂夫先生会继续用狗追捕兔子……哦，宝贝，宝贝！您干吗要这样决定？您怎么能够采取这个步骤呢？您瞧，您做了些什么，您做了些什么事,您干吗要这样对待自己!要知道您是被带到坟墓里去的;您会在那里被折磨死的,小天使。要知道,宝贝,您软弱得像一只小鸟!可是我那时到哪儿去了呢?我,一个大傻瓜,为什么不管!看着孩子在胡闹,在发昏!与其说在这里是随随便便,不如说我是个十足的傻瓜,既不去想,也不去看,仿佛一切都是对的,仿佛事情与我无关似的;而且还跑着给您弄绉边!……不,瓦莲卡,我要起来;明天,也许我的病就会好,所以我一定要起来!……宝贝,我要扑到车轮底下,我不放您走!哦不,这究竟是怎么回事?有什么理由要这样做?我要同您一起走;如果您不带我走,我就跟着您的马车跑,拼命跑,直到咽气为止。哦,宝贝!您知道您要去的地方是什么样子吗?也许您不知道,那您就该来问问我!那是蛮荒之地,我的亲爱的,蛮荒之地,光秃秃的、寸草不生的蛮荒之地;就像我这干瘪的手指头!那儿有麻木不仁的村妇,有没受过教育的庄稼汉,还有酒鬼。现在那儿树上的叶子已经脱落，而且整天下雨，非常寒冷，可您要到那里去！好吧，贝珂夫先生在那儿有事做，他可以抓兔子。而您干什么呢？宝贝！您愿意当地主婆吗？不，您是我的小天使！您瞧瞧自己，您像个地主婆吗？……哦，瓦莲卡！怎么会成这样子！宝贝，我还能给谁写信？是啊！您考虑到这一层了吗？宝贝——这么说，我还能给谁写信？我将呼唤谁为宝贝呢？这可爱的名字我将去呼唤谁？以后我到哪里去找您？我的小天使！我会死的，瓦莲卡，肯定会死；我的心承受不了这沉重的灾难！宝贝，我的亲爱的，我像爱圣明的天主那样爱您，像爱我的亲生女儿那样爱您，我爱您的一切，只是为了您我才活着！我工作，誊写，上班，闲逛，注意保持传递我的每封友好的信件，这都是因为您，宝贝，住在这里，对面不远的地方。您，也许，不了解这一点，可这全是事实！是的，宝贝，您听着，您评判评判，我的小乖乖，这是怎么搞的，您竟要离开我们？我的亲爱的，要知道，您不能走，绝对不能走，根本没有走的条件！瞧，天在下雨，而您很虚弱，还在感冒。您的马车会被淋湿的，它肯定会被淋湿。只要您一出城门，它就会散架，肯定会散架。要知道，这里，彼得堡的马车做工极差！我了解这些马车制造商！他们只会做些样子货，搞些小玩具之类，但不结实！我发誓，做得十分不结实！我，宝贝，要跑过去跪在贝珂夫先生面前，我要向他证实，证实一切！而您，宝贝，也向他说明，说明道理！告诉他您要留下来，您不能旅行！……哦，他为什么不娶莫斯科的女商贩呢？但愿他能娶她！女商贩和他更般配，她显然和他更般配。我知道其中的道理！那样我就能把您留在我的身边了。他，宝贝，贝珂夫，他和您有什么相干？为什么突然间他竟成了您的意中人？也许，您是因为他总在给您买花边？也许，您就是为了这花边？但是，这花边算什么玩意儿！要花边干吗？须知，宝贝，它纯粹是无稽之谈！在这里讲的是人的生活，而它，要知道，宝贝，不过是些破花边；它，宝贝，破花边而已。而且我也可以给您买花边，只要一拿到薪水我就给您去买，宝贝；那里有我认识的售货员；您只需等我拿到薪水，我的小天使，瓦莲卡！哦，主，主啊！难道您真要同贝珂夫先生一道去草原？永不复返！哦，宝贝！不，您还要写信给我，还要把所有的事写信给我，您什么时候动身，那么您就从您动身的地方写信给我。要不，我的天使，这封信就成了最后一封信了。但是，须知，这封信无论如何是不应该成为绝笔的。可是，骤然间它竟成了注定不变的最后一封信！哦，不！我要继续写信，您也要写信……而且，我现在不是已经形成自己的文体了吗？……哦！我的亲爱的，什么文体呀！要知道，直到此刻我也不明白自己写了些什么，我怎么也弄不明白，我什么也搞不清楚，而且连再看一遍都不想，更不用说修改了，我只想写呀写的，只想尽量多写些给您……我的乖乖，我的亲爱的，我的宝贝！

【全书完】

新流

xinliu

产品经理_于志远　特约编辑_李睿　营销经理_郭玟杉

封面设计_朱镜霖　出版监制_吴高林

流动的智慧　永恒的经典

图书在版编目(CIP)数据

穷人/(俄罗斯)陀思妥耶夫斯基著;陈琳译.
南京:江苏凤凰文艺出版社,2025.4. -- ISBN 978-7
-5594-9503-7

I. I512.44

中国国家版本馆CIP数据核字第2025RV8949号

穷人

[俄罗斯]陀思妥耶夫斯基 著 陈琳 译

责任编辑	白 涵
特约编辑	李 睿
装帧设计	朱镜霖
责任印制	杨 丹
出版发行	江苏凤凰文艺出版社
	南京市中央路165号,邮编:210009
网 址	http://www.jswenyi.com
印 刷	天津中印联印务有限公司
开 本	890毫米×1260毫米 1/64
印 张	3.875
字 数	98千字
版 次	2025年4月第1版
印 次	2025年4月第1次印刷
书 号	ISBN 978-7-5594-9503-7
定 价	33.00元

江苏凤凰文艺版图书凡印刷、装订错误,可向出版社调换,联系电话:025-83280257